# EL PIRATA

WALTER SCOTT

Copyright © EDIMAT LIBROS, S. A.
C/ Primavera, 35
Polígono Industrial El Malvar
28500 Arganda del Rey
MADRID-ESPAÑA
www.edimat.es

ISBN colección: 84-9786-261-9
ISBN: 84-9786-272-4
Depósito legal: M-31512-2006

Colección: La punta del iceberg
Título: El pirata
Autor: Walter Scott
Diseño de cubierta: El Ojo del Huracán
Impreso en: LÁVEL

IMPRESO EN ESPAÑA – *PRINTED IN SPAIN*

# Capítulo Primero

La isla de Main-Land viene a ser el continente de las islas Shetland. Cuenta la tradición que un jefe noruego llamado Yarlshof escogió aquella lengua de tierra como lugar para establecer su residencia señorial. A finales del siglo XVII, parte del palacio construido por orden del jefe noruego quedaba todavía en pie.

A breve distancia del palacio, y próximo a la costa, en el punto en que una de las ensenadas de la isla toma la forma de un pequeño puerto, refugio de unas cuantas barcas pesqueras, se encontraban algunas casas miserables donde vivían los habitantes de la isla.

El señor y propietario de ellas vivía en otra parte de la isla y era un gentil hombre aficionado a la buena mesa, pero franco y generoso con sus convecinos. Descendía de una antigua familia noruega, hecho que le hacía más querido por el pueblo, casi todo él del mismo origen, en oposición a los escoceses que dominaban estas tierras.

Magnus Troil, que tal era el nombre del señor, fue el encargado de dar la bienvenida a Mertoun cuando éste vino a ocupar el viejo palacio. Era el señor Mertoun un individuo enigmático que había llegado a la isla a bordo de un buque holandés, acompañado únicamente de su hijo. Éste tenía catorce años, mientras que su padre rondaba los cuarenta.

De carácter grave, melancólico y satírico, el señor Mertoun rara vez intervenía en los acontecimientos sociales que se llevaban a cabo en la localidad, prefiriendo entregarse al estudio en la soledad de su palacio. No probaba el alcohol y rechazaba la presencia femenina, actitudes que atraían más, si cabe, la curiosidad de sus vecinos.

Basil Mertoun no era rico, como lo probaba el hecho de que su mesa no se diferenciara en nada de la del más modesto propietario de Zelanda, pero tampoco era pobre, pues constantemente se hacía traer de Londres numerosos libros e instrumentos de física necesarios para sus raros y enigmáticos estudios. Mas, si su vida estaba llena de contradicciones, no lo estaba menos su carácter. Alejado de las fiestas y reuniones sociales, tampoco le preocupaban en extremo las actividades de quienes quedaban a su servicio, aunque no estaba dispuesto a permitir que le tomasen por tonto, como demostró cierto acontecimiento que tuvo lugar al poco tiempo de su llegada a la isla.

Al enterarse de que su criada y un marinero llamado Erickson le timaban con el precio del pescado, se encaró con el marino y despidió a la mujer con cajas destempladas. De nada sirvieron los llantos y lamentos de Swertha quien, cansada de discutir con su amo inútilmente, recurrió al hijo en busca de apoyo.

—Poco puedo hacer por vos, Swertha —replicó Mordaunt Mertoun cuando la criada le hizo un resumen de lo acontecido—, pero tal vez pueda daros un consejo.

—¿Cuál es?

—Mi padre olvida pronto su furia. Si dejáis pasar unos días y regresáis a vuestro puesto como si nada hubiera pasado, no se atreverá a despediros de nuevo.

Y así fue. Swertha volvió a sus ocupaciones y Basil Mertoun no pareció inmutarse con su presencia.

Mordaunt era la única persona en el mundo capaz de conocer a su padre. No había recibido nunca muestras de afecto por parte de su progenitor, pero éste en cambio había cuidado de que su educación fuese esmerada. Padre e hijo pasaban largas horas entregados al estudio y sólo lo abandonaban cuando el señor Mertoun caía en una de sus graves crisis. Atacado por no se sabe qué oscuros pensamientos, se encerraba en sus habitaciones y permanecía en ellas días enteros, aunque en ocasiones prefería pasear en solitario, envuelto en su viejo abrigo marinero, a lo largo de la costa que rodeaba el viejo castillo.

A medida que crecía, Mordaunt iba aprendiendo a notar los signos particulares que precedían a estas crisis y a tomar las precauciones necesarias para evitar a su infortunado padre inoportunas contrariedades. A menudo prefería ausentarse del hogar mientras duraban estas crisis, entregándose con los muchachos de su edad a los deportes y ocupaciones que suelen llenar la vida de los jóvenes.

Otras veces pasaba días enteros acompañando a los pescadores de la isla en sus pequeñas barcas. Le divertía escuchar las viejas historias que contaban los descendientes de los mares del Norte y se quedaba embelesado con el relato que los marinos hacían de los reyes del mar, los gnomos y los gigantes.

Pero no faltaban tampoco otras más ligeras diversiones, más adecuadas a la edad de Mordaunt, como las fiestas y bailes que los habitantes de la isla celebraban en las largas tardes de invierno, cuando la oscuridad reinante en Zelanda hacía imposible el trabajo en el mar. Ningún joven participaba en los bailes con más visible gusto que Mordaunt

Mertoun. Si el estado de su padre hacía aconsejable su ausencia del hogar, iba de casa en casa y era bien recibido por todos sus vecinos, siendo especialmente acogido en la mansión de Magnus Troil.

Minna y Brenda, las hijas del señor Troil, se habían convertido en compañeras inseparables del joven Mertoun, que a la sazón contaba veinte años. Las dos muchachas rondaban los diecisiete y dieciocho años, y se distinguían por su belleza y su bondad. Muerta su madre hacía largos años, eran la pasión de su padre, quien no escamoteaba atenciones y caprichos para sus hijas.

La seriedad de Minna y la alegría de Brenda hacían más agradables las horas del joven Mertoun, quien repartía sus atenciones por igual entre las dos hermanas.

Tales eran las relaciones de Mordaunt Mertoun con la familia del señor Troil al ocurrir los incidentes que siguen.

Estaba ya muy adelantada la primavera cuando, después de una semana de fiestas y reuniones, Mordaunt se despidió de sus amigos invocando la necesidad de regresar a casa de su padre.

—No te vayas aún —le dijo Minna—. El tiempo amenaza tormenta y puede ser terrible.

—Mayor motivo para partir cuanto antes —repuso Mordaunt.

Nada pudieron hacer para que desistiera de su propósito y el joven emprendió el camino de vuelta al hogar. Los signos de la tempestad hicieron honor a las predicciones de Minna y, antes de que Mordaunt hubiera hecho tres horas de jornada, el viento comenzó a ondular y grandes chaparrones mezclados con granizo cayeron sobre las colinas.

Mordaunt se equivocó varias veces de camino, pero al fin logró alcanzar la casa de Triptolemo Yellowley, un digno agricultor enviado del gobernador de Orkney y Zelanda, y se dirigió decididamente hacia la puerta. Más grande fue su sorpresa al comprobar que estaba cerrada. El joven comenzó a gritar y a dar aldabonazos, al tiempo que se sucedían los truenos y relámpagos con espantosa rapidez. ¿Acaso la mansión estaba deshabitada? ¿Cómo era posible que alguien se negase a dar refugio a un viajero en un día como aquél?

Estas cosas pensaba Mordaunt mientras seguía dando voces, ajeno por completo a lo que ocurría en el interior de la casa. Triptolemo y su hermana Baby mantenían una acalorada discusión sobre si debían o no abrir al visitante.

—Es sólo un muchacho —decía Triptolemo.

—Puede que no venga solo —indicaba su hermana—, y nosotros somos pobres. No podemos dar asilo a tanta gente.

—¡Tanta gente! ¿Acaso crees que *uno* es multitud?

Los dos hermanos siguieron discutiendo durante unos minutos, hasta que al fin triunfaron los razonamientos de Triptolemo y Baby no tuvo más remedio que dejar paso al desconocido.

—¿Cómo se os ocurre tener la puerta cerrada con este tiempo? —gritó Mordaunt al penetrar en la mansión.

—¿Quién sois vos y qué queréis? —le preguntó Triptolemo impasible.

—¿Qué quiero? Pues comer, dormir, beber y un caballo que mañana por la mañana me lleve a Yarlshof.

—¿Lo ves? —replicó Baby a su hermano—. ¿No te lo decía yo?

La mujer miró luego al joven con altanería y exclamó:

—Salid de aquí inmediatamente y continuad vuestro camino. Ésta es la casa de un enviado del gobernador, no la posada de gente de vuestra calaña.

Mordaunt se rió en sus narices y dijo:

—¿Qué yo abandone un refugio con una tempestad como ésta? ¿Ignoráis que en quince millas a la redonda no hay otro lugar donde refugiarse?

Y, avanzando decidido hacia la chimenea, removió las cenizas y avivó el fuego, sentándose después ante la lumbre. El asombro de los Yellowley no tenía límites. Baby acosó a su hermano para que echase a la calle al insolente muchacho, pero Triptolemo no tenía ganas de discusión.

Al fin, desesperada por la conducta de su hermano, la mujer se refugió en la cocina y se dedicó a conversar con su sirvienta. Al conocer algunos detalles relativos al muchacho, tales como que su destino era el palacio de Yarlshof, la sirvienta exclamó:

—¿No sabéis a quién tenéis en vuestra casa? ¿No sabéis que se trata del hijo del señor del castillo, el viejo y solitario Mertoun?

Quedó anonadada Baby por estas palabras y regresó junto a su hermano, decidida a hacerle partícipe de su descubrimiento. Después dio órdenes a la sirvienta para que guisara un ganso que tenía reservado para la cena de San Miguel, pues no deseaba que el señor Mertoun presentara alguna queja al gobernador sobre el trato otorgado a su vástago.

Al cabo de un tiempo volvió a oírse el ruido de los aldabonazos sobre la puerta y Baby, consternada, exclamó:

—¿Quién es ahora?

Mordaunt abrió la puerta y penetró en la estancia un mercader con trazas de buhonero miserable, quien saludó a los presentes y fue a sentarse junto al fuego. Triptolemo no salía de su asombro, mas aún era pronto para tanto espanto, pues faltaba por llegar el tercer huésped.

—Señora, señora —exclamó de pronto la sirvienta dirigiéndose a Baby—. Acaba de llegar *la vieja*.

—¡Cielos! —gritó la mujer.

—¿Quién es *la vieja?* —preguntó Mordaunt con interés.

—¡Oh, señor! —dijo la sirvienta—. Os suplico que la tratéis con amabilidad, pues es una bruja capaz de destrozar todas las ventanas de la casa con sus maleficios si no la tratamos como es debido.

Cuando la criada terminó de hablar, entró por la puerta una mujer tan alta que apenas cabía bajo el dintel y, haciendo la señal de la cruz, dijo:

—La bendición del Señor venga sobre los que tienen abiertas las puertas de esta casa, y vaya su maldición contra quienes las cierran a los sufridos viajeros.

Dicho esto, la mujer se sentó junto al fuego y permaneció en silencio. Así sentada, nadie diría que aquella anciana de noble aspecto era temida por unos y respetada por todos en la isla, pues nadie escapaba al influjo de sus maleficios.

El temporal no cesaba y los truenos y relámpagos crecían por momentos. Mordaunt contemplaba alarmado el panorama cuando la voz de Norna le distrajo de sus cavilaciones:

—Aunque eres extranjero en estas islas, tienes el corazón noble y generoso. Deja esta casa, porque está condenada a perecer.

—No me iré —repuso el joven—. No comprendo por qué me dais ese consejo, pues me siento agradecido a la hospitalidad de estas gentes.

—Bien dicho —exclamó Baby—. Este muchacho es honrado y merece que le demos lo mejor.

—Seguid mis consejos —insistió la anciana—. El Destino forjó grandes planes sobre vos y no debéis ser aplastado por las ruinas de esta mansión.

Alarmado por estas palabras, Triptolemo quiso huir, pero su hermana se lo impidió.

—¡Salid de aquí inmediatamente! —gritó Baby a la vieja Norna—. Si no os marcháis, yo misma os arrojaré por la ventana.

Norna dirigió a la furibunda Baby una mirada de infinito desprecio y después, volviéndose hacia el noroeste, de donde el viento soplaba con más fuerza, extendió al aire su bastón y comenzó a cantar una antigua balada de origen noruego. Mordaunt la contemplaba extasiado. Al cabo de unos instantes, la tempestad cesó y los relámpagos abandonaron el horizonte.

Norna miró a Baby y le dijo:

—No quiero agradeceros el refugio de vuestra casa, porque el agradecimiento poco tiene que ver con seres tan avaros y groseros como vosotros. Ahí tenéis esta moneda como pagó por vuestros servicios.

La anciana depositó sobre la mesa una pequeña moneda antigua con la efigie tosca y borrosa de uno de los antiguos reyes del Norte. Triptolemo la contempló extasiado y, con mano trémula, se la alargó a su hermana.

—Sí —dijo Norna—, vosotros habéis visto esta moneda en otra ocasión. Mas no ha sido hecha para que la gasten almas sórdidas. Ha sido ganada corriendo honrosos peligros y debe gastarse con igual liberalidad. El tesoro enterrado bajo el hogar hablará un día, como el talento enterrado, contra sus avaros dueños.

El misterio de estas palabras acabó de sorprender y asustar a Baby y su hermano.

—Ahora me voy —prosiguió Norna. Miró después a Mordaunt y al buhonero y les dijo—: Y vosotros también debéis marcharos.

Poco tiempo después el buhonero y Norna abandonaron la casa, pero no hizo lo mismo el joven Mertoun, quien prefirió comer algo antes de su partida. Triptolemo y su hermana le obsequiaron con el ganso y todos charlaron animadamente sobre los últimos acontecimientos que habían tenido lugar en la isla.

Terminada la comida, Mordaunt decidió hacer caso de los consejos de Norna. La tempestad había cesado y nada le impedía dirigirse a su hogar. Se despidió de los dos hermanos y emprendió el camino hasta Yarlshof, llegando a la mansión bien cerrada la noche.

—¿Quién anda por ahí a estas horas? —preguntó Swertha al oírle llegar.

—Soy yo —respondió Mordaunt.

—¿Ya habéis regresado?

—Así es. ¿Cómo se encuentra mi padre?

—Como de costumbre. Ayer preguntó por vos.

El joven se acostó inmediatamente y a la mañana siguiente permaneció en la cama más tiempo que de costumbre, pues se sentía fatigado. Vio a su padre a la hora del almuerzo y ambos conversaron como si no hiciera más de una semana que no se veían.

Al terminar el almuerzo, y contra su costumbre, Basil no mandó a su hijo a estudiar, sino que, tomando su sombrero y su bastón, le pidió que le acompañase a dar un paseo por el promontorio de Sumburgh.

## Capítulo II

Mordaunt Mertoun quedó un tanto asombrado ante el deseo de su padre, pero nada dijo. Se limitó a seguirle rápidamente y al cabo de unos minutos comenzaron a trepar por la montaña.

Hacía un tiempo delicioso y Basil se detenía de cuando en cuando a contemplar el panorama. Continuaron ascendiendo y estaban ya cerca de la cumbre cuando Mordaunt notó que la respiración de su padre se hacía difícil. Se acercó a él, dispuesto a ofrecerle la ayuda de su brazo, pero el hombre le rechazó violentamente, continuando su camino. Al llegar a una explanada, Basil se detuvo y contempló a su hijo como si nada hubiera pasado. Mordaunt le observaba en silencio, sin entender lo que ocurría. Pasado un instante, Basil dijo:

—Me imagino que tendréis ganas de ver el mundo.

—Jamás se me había ocurrido —aseguró el joven.

—Pues creo que a vuestra edad eso sería lo más natural. Cuando yo tenía vuestros años, la enorme extensión de Inglaterra no bastaba para satisfacer mi imaginación y mis deseos.

—Mis amigos están aquí y vos mismo estáis aquí.

—No tenéis hacia mí ningún deber —repuso Basil con aspereza.

—Yo creo que sí, padre.

—Os comportáis como los perros, que siguen al amo que les echa de comer. Ya hablaremos de esto en otra ocasión.

Padre e hijo siguieron camino y alcanzaron en poco tiempo la cima del promontorio, contemplando desde allí las agitadas olas que, fruto de la tempestad del día anterior, adquirían una considerable altura. De pronto, fijando su mirada en un punto perdido en el horizonte, el joven exclamó:

—¡Dios mío! ¿Qué es aquello?

Su padre dirigió la mirada hacia el noroeste y dijo:

—Parece un barco.

Basil sacó su anteojo y aseguró:

—No tiene ninguna vela y no es más que un cascajo.

—¡Se va a estrellar contra el cabo! —gritó Mordaunt horrorizado—. La tripulación ha debido abandonarlo.

El navío, desmantelado, se dejaba arrastrar por la corriente. A medida que se acercaba, pudieron ver que parecía tener unas trescientas toneladas. El mar amenazaba con tragárselo y, cuando le vieron ya cerca del promontorio, una inmensa ola lo arrastró contra las rocas, quedando sus pedazos a merced de la corriente.

En ese momento, Mordaunt imaginó ver a un hombre que, asido a una tabla, parecía impelido hacia una lengua de tierra donde las olas rompían con menos fuerza. El joven no lo pensó dos veces y empezó a correr por el despeñadero, en dirección a la playa.

—¡Deteneos! —gritó su padre—. ¡Os vais a estrellar!

Pero Mordaunt no le escuchaba. Basil, atónito y asustado, decidió caminar hasta una hendidura practicada en las rocas donde se iniciaba una senda que conducía a la arena.

Mordaunt, que había llegado ya a la playa, descubrió al desconocido, quien, sujeto con fuerza a la maltrecha tabla, se encontraba sin sentido y parecía estar pronto a perder la poca vida que le quedaba. El vestido del náufrago estaba guarnecido de galones de oro y se conocía que era persona distinguida por este detalle y por las sortijas que llevaba en los dedos. A pesar del agotamiento, sus facciones conservaban un gracioso aire juvenil.

Un hombre se acercaba lentamente bordeando la orilla del mar. Mordaunt pensó que era su padre, pero descubrió en seguida que se trataba del buhonero que la víspera había encontrado en casa de Triptolemo. Le llamó por su nombre y le dijo:

—¡Bryce! ¡Ayudadme!

Pero el buhonero no parecía hacerle caso, pues estaba ocupado revisando algunas cajas que la corriente había arrastrado hasta la orilla. El joven tomó un palo, se acercó a Bryce y le amenazó con estas palabras:

—¡Bandido, miserable! ¡Ayúdame a salvar a ese desgraciado o te juro que haré de ti una momia! Informaré de esto a Magnus Troil y os hará expulsar del país.

Mientras tanto, Bryce no había dejado de ocuparse en abrir la tapa de uno de los arcones pertenecientes al barco naufragado. La tapa saltó por fin y el interior de la caja apareció ante los ojos del mercader. Había allí vestidos, camisas, encajes, una brújula de plata y diversos objetos preciosos. Tras contemplarlos detenidamente, haciendo caso omiso de las amenazas de Mordaunt, el mercader exclamó por fin:

—No juréis, señor. Y guardaos de ponerme la mano encima.

Ya iba Mordaunt a responder convenientemente a esta ofensa, cuando la voz de la vieja Norna le obligó a detenerse.

—¡Quieto! —gritó Norna—. Y tú, Bryce, dale inmediatamente el socorro que te pide para ese pobre hombre.

Los tres se acercaron al náufrago y Norna empezó a frotar sus sienes con un poco de aguardiente que guardaba en un frasquito. Mordaunt sostuvo su cabeza tal como la vieja le indicó, a fin de que el ahogado expulsara todo el agua de sus pulmones.

Después, Norna indicó a Bryce que cargara al hombre sobre sus espaldas y le condujera a lugar seguro. Pero en esto se acercaron varios hombres y Bryce exclamó:

—Se llevarán el botín y no dejarán nada para mí.

Al ver sus titubeos, la vieja cargó al náufrago sobre sus robustas espaldas y avanzó acompañada de Mordaunt. Al llegar junto a los vecinos que se aproximaban a la playa, Norna le dijo a uno de ellos:

—Neil Ronaldson, atended lo que voy a deciros. Allá abajo hay una caja cuya tapa se ha saltado. Haced que la lleven a vuestra casa y guardaos de que nadie toque nada. Quien se atreviese a hacerlo, se arrepentirá. Hablo en serio.

—Se cumplirá vuestra voluntad —afirmó el aludido.

Entre el grupo de curiosos se encontraba Swertha, la criada de los Mertoun. Al ver a su amo, le dijo:

—Debéis regresar a casa. Vuestro padre no se encuentra bien.

—¿Qué le ocurre? —preguntó el joven.

—El esfuerzo le ha agotado. Le encontré intentando alcanzar la playa, pero le llevé al hogar y le obligué a acostarse. Su estado me preocupa.

—Id a vuestra casa —intervino Norna—. Yo cuidaré de este pobre hombre.

Mordaunt obedeció y halló a su padre en una de las habitaciones, descansando de las fatigas que le había ocasionado el paseo. Su estado no era tan preocupante como había asegurado la criada, y el joven comprendió que aquello había sido una excusa de Swertha para poder participar en el reparto del botín sin que se lo impidiera su amo.

—¿Dónde está el náufrago que habéis intentado salvar? —le preguntó su padre.

—Norna se ha encargado de él.

—¿También sabe curar esa bruja?

El muchacho no respondió. Se hallaba fatigado después del descenso a través del despeñadero, y prefirió retirarse a descansar. Swertha volvió muy tarde de la expedición. Traía en las manos un paquete bastante voluminoso, que era sin duda su parte en el botín.

—¿Qué traes ahí? —le increpó Mordaunt—. ¿No os da vergüenza piratear con los bienes ajenos?

—No creo que sea malo tomar las cosas que se encuentran perdidas en la orilla del mar —repuso la criada—. He sacado bien poco de mi trabajo, pues la mejor parte siempre se la llevan los fuertes y los listos.

—No se debe robar a los pobres marineros —insistió el joven.

—¡Ay, señorito querido! ¿Quién castigaría a una pobre vieja por estas bagatelas? Los marineros pierden todo el derecho en cuanto la quilla toca tierra. Esas pobres gentes están muertas y se preocuparán bien poco de los bienes de este mundo.

—Pero el extranjero que ha hecho transportar Norna a la aldea podrá pediros cuentas de dónde escondisteis los efectos que le habéis robado después del naufragio.

—¿Cómo lo va a saber?

Mordaunt pensó que era inútil discutir con la mujer y decidió hablar con su padre. Le expuso sus deseos de ir a la aldea para ver si el náufrago necesitaba alguna cosa.

—Como queráis —dijo su padre.

—Debe estar allí muy mal —insistió el joven.

—Si necesita dinero o ayuda, se lo prestaremos, pero no quiero verle. He venido a este lugar remoto para no hacer conocimientos nuevos y para que nadie me atormente los oídos contándome sus felicidades o sus desgracias. Arreglaos de manera que ese extranjero abandone cuanto antes el país.

No tardó Mordaunt en llegar a la aldea, encontrando al extranjero en la negra y oscura morada de Neil Ronaldson. La esposa de éste condujo al muchacho a presencia del náufrago, diciendo después:

—Aquí tenéis al joven Mordaunt. Tal vez a él le digáis vuestro nombre, ya que no habéis querido decírnoslo a nosotros. Es él quien os ha salvado la vida.

El extranjero se levantó y estrechó la mano de Mertoun, diciendo:

—Os debo la salvación de mi vida y del arca. De lo demás ya supongo que habrán dado buena cuenta los habitantes de la isla.

Era el extranjero un hombre de elevada estatura, bien formado y vigoroso. Respondió pronta y alegremente a las preguntas que le hizo Mordaunt sobre el estado de su salud y le aseguró que en una buena noche se repondría de todas las fatigas que sufrió en el accidente. Pero se quejó de la curiosidad de los vecinos de la aldea, que habían intentado saber muchas cosas acerca del navío naufragado.

—¿Hay en este salvaje país algún magistrado o juez de paz que pueda socorrer a un desgraciado que está entre los mismos que le saquearon? —preguntó el extranjero.

—Magnus Troil es el propietario más importante y el juez de paz. Siento no poder ofreceros mi hospitalidad, pues mi padre lleva una vida retirada y no desea ser molestado.

—No os preocupéis. Vos habéis hecho ya bastante por mí. ¡Si estuviera aquí uno solo de mis cuarenta valientes...!

—¿Teníais cuarenta hombres? ¿No es ésta una tripulación muy numerosa para la capacidad de vuestro navío?

—Aún no me era suficiente. Llevábamos diez cañones por banda, sin contar los de las miras de proa. De haber tenido bastante gente no habría sido un naufragio tan fatal. Mis gentes estaban muertas de fatiga a fuerza de trabajar en las bombas, y terminaron por arrojarse al mar en las lanchas, dejándome solo en el navío. Bien caro lo han pagado los infelices. Las barcas se hundieron y todos murieron. Yo me he salvado por una casualidad.

—¿Veníais de las Indias Occidentales por el norte? —preguntó Mordaunt.

—Sí —afirmó el marino—. Nuestro navío se llamaba *Buena Esperanza de Brístol* y era corsario. Hicimos buenos negocios en los mares de Nueva España. Yo me llamo Clemente Cleveland y era el capitán y el principal propietario del barco. He nacido en Brístol y provengo de una familia conocida. Mi padre era el anciano Cleveland de College-Green.

Lo que el marino le había dicho resolvía sólo en parte sus dudas, pero comprendía Mordaunt que no podía pedirle más explicaciones. Notaba así mismo que tenía el forastero un aire de bravuconería que en aquellas circunstancias no parecía oportuno ni necesario.

Aunque el capitán Cleveland había sido muy perjudicado por el robo de los isleños, había recibido, en cambio, un favor muy particular de Mordaunt, y sin embargo parecía envolverles a todos en sus quejas, indistintamente.

Calló el joven, bajando la vista y dudando si debía despedirse de él o hacerle nuevos ofrecimientos. Cleveland pareció adivinar su intención y le dijo con un tono más amable:

—Soy un marino franco. Estoy arruinado por completo y eso quita el humor y los buenos modales. Mas, sea como quiera, os habéis portado conmigo como un buen amigo y os estoy reconocidísimo, aunque no os haga grandes cumplimientos.

Mordaunt no dijo nada. El capitán sacó una escopeta de su arca y se la dio al joven diciendo:

—Os ruego que la aceptéis. Es muy buena. Pone cien gramos de mostaza a ochenta pasos en la cabeza de un holandés, y puede también calzar bala. Es un recuerdo.

—Eso es tomar parte en el botín —exclamó Mordaunt riendo.

—De ningún modo. Es un regalo. Aunque estoy arruinado, en realidad he salvado la parte más importante de mis posesiones, gracias a esa vieja y a vos.

Cleveland sacó del arca una bolsa grande de cuero y esparció sobre una mesa parte de su contenido, consistente en onzas de oro españolas y portuguesas.

—Aún me queda bastante lastre para fletar otro barco —exclamó con alegría—. Y ahora, ¿rehusáis aceptar la escopeta?

—Ya que es vuestro deseo, la tomaré. Me alegro que no necesitéis dinero, aunque mi padre me había dado esto para vos.

Y el joven enseñó unas monedas entregadas por su progenitor.

—Os lo agradezco mucho, pero ya veis que me hallo provisto.

Mordaunt tomó la escopeta y la observó satisfecho. Se trataba de un arma de fabricación española y estaba embutida en oro. Su calibre era pequeño, pero el cañón era más largo de lo que suele usarse generalmente para la caza.

—Es un arma excelente —insistió Cleveland satisfecho—. Me ha servido para matar timoneles cuando abordábamos barcos españoles.

—Jamás hice yo tales cazas —repuso el joven.

—Sois robusto y saludable. ¿Nunca habéis viajado?

—Mi padre desea que lo haga cuanto antes.

—Semejante consejo ha de venir de un gran hombre —indicó el marino—. Me gustaría conocerle. Antes de zarpar le haré una visita. Tengo un barco de refresco a la altura de estas islas y espero que habrán resistido la tempestad. Pondremos una hamaca para vos a bordo de él y os haremos todo un marino.

—Me convendría mucho, pero es necesario que mi padre lo apruebe.

—¿Vuestro padre? —preguntó Cleveland—. Tenéis razón. Como he vivido tanto tiempo en el mar no puedo imaginarme que haya alguien que mande más que el capitán. Iré a ver a vuestro padre y yo mismo le hablaré.

—Será difícil, pues no quiere ver a nadie.

—En tal caso, iré antes a ver a ese magistrado. ¿Podéis darme una carta de presentación para él?

—Con mucho gusto.

Y Mordaunt se dispuso a escribir una nota para Magnus Troil.

# Capítulo III

Mientras Mordaunt escribía la nota para el señor Troil, el capitán Cleveland sacó del arca alguna ropa y varios objetos que puso en una mochila. Después cogió un martillo y unos clavos y compuso el arca tan perfectamente como hubiera podido hacerlo el mejor carpintero, atándola por último con una cuerda.

—Voy a dejároslo todo en custodia excepto esto —dijo el capitán mostrando el saco de oro y un par de pistolas.

—En este país no necesitáis armas —afirmó Mordaunt—. Las gentes sólo toman los restos de los naufragios, pero no roban a los vivos.

—Tal vez —replicó el capitán—, pero será mejor estar prevenido. ¿Queréis poner a salvo esta caja en vuestra casa hasta que yo os avise, y proporcionarme un guía que me enseñe el camino y cargue con mi equipaje?

Mordaunt hizo lo que le pedía y ambos se despidieron, partiendo cada uno con su carga hacia su punto de destino.

En la mañana siguiente, el señor Mertoun hizo varias preguntas a su hijo y éste respondió a todas ellas con claridad. Mas apenas comenzó a relatar los pormenores mencionados por Cleveland, la vista de su padre se alteró. Basil Mertoun se levantó precipitadamente, dio grandes paseos por la estancia y después se retiró a sus habitaciones. No volvió a dejarse ver hasta la noche, no mostrando ya ningún indicio de su indisposición. A pesar de ello, su hijo no trató más el asunto que tanto le había conmovido.

Así pues, Mordaunt Mertoun se encontró libre para formar a su placer, por sí solo, opinión sobre el nuevo conocido que el mar le había enviado. Después de reflexionar durante un rato, se vio sorprendido al notar que el resultado era poco favorable para el extranjero, cosa que no sabía explicarse.

Le pareció que había algo repelente en el carácter de aquel hombre. Era atractivo, tenía modales francos y parecía culto, pero a través de todo ello se descubría cierta pretensión de superioridad que no podía agradar a Mordaunt. Aunque en el fondo hubiera deseado llevarse bien con él, pues necesitaba un amigo de verdad.

Recordó el ofrecimiento del capitán Cleveland de llevarle a bordo consigo y, aunque al principio le complació, la duda enturbiaba el deseo de emprender un largo viaje. Sabía que era obstinado en sus ideas y temía que llegase a ser despótico.

Después de recapitular todas estas objeciones, Mordaunt se decía a sí mismo que, de poder obtener el permiso de su padre, se embarcaría en busca de nuevos objetivos y aventuras extraordinarias, en las que se proponía realizar tales hazañas que serían larga materia para contar a las hijas de Magnus Troil. Tal era la recompensa que se prometía para sus trabajos y por sus peligros, pues, en sus pensamientos, la morada de los Troil tenía una influencia mágica y, por más que descarriase su imaginación en los delirios, venía a converger, finalmente, en aquel punto principal.

Pensaba a veces Mordaunt contar a su padre la conversación que tuvo con el capitán Cleveland y las proposiciones que éste le hizo, pero como lo poco que le había dicho de él había producido tan funesto efecto en la imaginación de su progenitor, no se atrevía a tocar ni aun indirectamente aquel asunto, desanimado por el anterior resultado. Parecióle que sería lo más conveniente manifestarle la proposición del capitán cuando llegase su segundo barco y aquél le reiterase su ofrecimiento de un modo más seguro, cosa que suponía no había de tardar.

Mas los días se hicieron semanas, las semanas se convirtieron en meses y Mordaunt no volvió a oír hablar del capitán Cleveland. Sólo supo, gracias a las informaciones de Bryce, el buhonero, que el extranjero vivía en casa de los Troil como si fuese de la familia. Si bien este hecho no sorprendió al joven, que conocía la hospitalidad de sus amigos, sí le extrañó no tener noticias directas del capitán. Y, además, ¿por qué no mandaba por el arca que había depositado en su casa de Yarlshof?

Uníase a tan justo motivo de reflexión otro más desagradable y más difícil de explicar. Hasta que llegó aquel personaje, apenas pasaba una semana sin que Mordaunt recibiese alguna prueba de afecto y amistad de la mansión de los Troil. Jamás faltaba un pretexto para mantener esta comunicación. Pero en los últimos tiempos estas relaciones se hicieron más raras.

Una mañana, aprovechando la visita a Yarlshof de Bryce, el buhonero, Mordaunt hizo a éste algunas preguntas, aparentando aires de indiferencia.

—¿Qué hay de nuevo por estas tierras? —le dijo.

—Grandes novedades —repuso Bryce—. Quieren cambiar nuestro sistema de medidas.

—¿Eso es todo?

—¿Os parece poco? ¿Cómo venderán y comprarán ahora las gentes si les cambian sus pesos y medidas?

—Tenéis razón.

Ya que el buhonero no parecía concederle importancia a otros asuntos, Mordaunt volvió a la carga:

—¿No han pasado navíos extranjeros por estas costas?

—Seis dogres holandeses llegaron a Brassa, y también dicen que una gran goleta ha dado fondo en la bahía de Scalloway y viene de Noruega.

—¿Y no vino ningún navío de guerra ni ningún *sloop?*

—Ninguno.

—¿Qué se sabe de los Troil? ¿Están bien de salud?

—Todos bien, gracias a Dios. Bailan y ríen todas las noches con el capitán Cleveland.

Mordaunt frunció el ceño, se contuvo y exclamó:

—¿Y con quién baila el capitán?

—Con quien gusta, me imagino, pues no hay quien resista la tentación de su violín. Mas yo no tengo tiempo de ocuparme en bagatelas. Había venido a ofreceros algunas cosillas que os permitan equiparos adecuadamente para el baile de la noche de San Juan.

—¿El baile?

—Así es. Aquí traigo géneros muy buenos de Flandes que seguro os complacerán.

—¿Os ha dado el señor Troil el encargo de invitarme a ese baile?

—No, pero ya sabéis que vos sois bien recibido en su casa, de modo y manera que os conviene vestir bien, pues no podéis desmerecer del capitán. Él ha de ser el primero de las comparsas...

—¡Qué el diablo se lo lleve!

—Haríais mejor en olvidar al diablo y preocuparos de elegir alguna prenda que llame la atención de las damas. Aquí tengo un rico chaleco...

Pero Mordaunt no prestaba ya atención a las palabras de Bryce. Le dio la espalda y cruzó la habitación a grandes zancadas, murmurando y maldiciendo al capitán. El buhonero intentó tranquilizarle, diciendo:

—No os preocupéis, pues creo que seréis invitado a ese baile.

—¿Acaso hablaron de mí?

—No lo recuerdo, pero a un baile al que han de ser invitadas todas las gentes del país no podría faltar un joven tan importante como vos.

Mertoun se quedó pensativo un instante. Miró al vacío con firme expresión de resolución y una idea pareció cruzar por su imaginación, pues al cabo de unos segundos exclamó:

—Iré a esa fiesta aunque no sea invitado y seguiré vuestros consejos. ¿Dónde está ese chaleco?

Bryce, contentísimo, extendió la mercancía. Mordaunt eligió con esmero las distintas ropas que el mercader le mostró y le pagó en el acto la mercancía adquirida. A continuación tomó su escopeta, regalo del odiado capitán Cleveland, y salió de caza dando un portazo.

La vieja Swertha penetró en la estancia y se mostró extrañada por la reacción de su señor.

—Tiene tanto genio como su padre —explicó el buhonero.

—¡Dios nos ampare! —exclamó Swertha.

El buhonero recogió sus cosas y se marchó.

Mientras tanto, Mordaunt marchaba precipitadamente sin saber adónde iba. Hallábase su orgullo mortificado por

las expresiones del mercader, que confirmaban las sospechas que le habían hecho concebir el largo silencio de sus
amigos.

Era un bello día de verano. El joven se aproximó a un
pequeño lago y contempló el paisaje en silencio. El agua
estaba en calma y la naturaleza permanecía en contraste
con el agitado estado de ánimo del joven Mertoun. Apo-
yado en su escopeta y sumido en sus reflexiones, el muchacho se sorprendió al sentir que le tocaban en la espalda.
Volvió inmediatamente la cabeza y vio, no sin asombro, a
Norna de Fitful-Head envuelta en los amplios pliegues de
su capa negra.

No era por naturaleza Mordaunt Mertoun ni tímido ni
crédulo. Sus sentimientos de piedad y religión, y los buenos
libros que había leído, le habían fortalecido contra la supers-
tición. A pesar de que en el fondo no creía en la existencia
ni en la extensión de las facultades peregrinas que se le atri-
buían a Norna, tenía, sin embargo, alguna duda.

Norna era, realmente. una mujer extraordinaria. Dotada
de una energía superior, obraba por motivos desconocidos a
los demás. Y tal vez era este desconocimiento el que fomen-
taba el temor que las gentes experimentaban hacia ella.
Temor injustificado en gran medida, pues no era mujer habi-
tuada a hacer el mal, sino todo lo contrario.

—No tenéis nada que temer de mí —dijo la mujer al
contemplar la sorpresa reflejada en el rostro del muchacho—. Jamás os hice nada malo.

—Nada temo —respondió Mordaunt—. ¿Por qué he de
temeros si siempre os habéis mostrado como amiga mía?

—Debo hablaros.

—Os escucho.

—Aunque no habéis nacido en estas regiones, siempre he sentido ternura por vos. Contabais sólo quince años cuando pasé alrededor de vuestro cuello esta cadena de oro encantada, gracias a la cual todos en la isla os contemplan como a mi favorito.

—¿Y de qué me ha servido?

—No desprecies los presentes de mi raza, hijo mío adoptivo. Sentaos sobre esa piedra y disponeos a escucharme, pues como una madre os he de hablar.

Hizo Mordaunt lo que le indicaba y Norna se sentó cerca de él.

—No siempre he sido como ahora —prosiguió la mujer—. No siempre fui sabia, poderosa, soberana ante quien el joven se abate temblando y el anciano descubre sus cabellos blancos. En otro tiempo mi cara no turbaba la alegría. Yo simpatizaba con las pasiones humanas y tenía también parte en los placeres y en las penas de los mortales. Era aquél un tiempo de abandono, de locura, de lágrimas sin motivo y de frívolas alegrías.

Mordaunt la escuchaba extasiado. El entusiasmo de las palabras de Norna y su aspecto lleno de dignidad atraían tanto la simpatía como la atención.

—Y a pesar de esas locuras —añadió la mujer—, a pesar de esas frivolidades, ¿qué no daría Norna de Fitful-Head por ser aún la joven dichosa y casi desconocida de sus primeros años? Escúchame, Mordaunt, y compadécete, pues me oyes proferir quejas que jamás resonaron en oídos mortales ni volverán a resonar nunca. Yo seré lo que debo ser: la reina y protectora de estas islas salvajes y despreciadas.

El tono de la mujer se había hecho a la vez más familiar y enérgico.

—Tú has conocido mi poder. Me has visto alejar la tempestad. ¿No es cierto?

—Cierto es.

—Pero tú, como todos los mortales, ignoras el precio que pagué por adquirirlo. Por eso te digo, querido hijo, que te guardes de vender la paz de tu corazón por adquirir un poder como el de Norna.

La mujer se estremeció y cubrió su rostro con las manos. Al verla en semejante estado de postración, Mordaunt le dijo:

—Querida Norna, si vuestra alma está afligida, ¿por qué no acudís al pastor para que os consuele?

—¡Qué vaya a buscar a un sacerdote! —exclamó Norna, presa de una gran agitación—. ¿Me lo decís a mí? ¿Queréis que el demonio se presente en persona reclamando su presa ante Dios y ante los hombres?

—¡Desgraciada mujer! Si en efecto te ligaste con el autor del mal, ¿por qué no buscar el arrepentimiento? Yo, como buen cristiano, no puedo permanecer a tu lado un minuto más. Toma tu regalo, lo detesto.

Mordaunt intentó quitarse la cadena, pero Norna le detuvo con estas palabras:

—Calla y escúchame, joven insensato. No soy de aquellos que están ligados a enemigos del linaje humano ni que han recibido de su ministerio la ciencia y el poder. Los espíritus me son familiares y propicios por un sacrificio que les hice y que labios mortales no pueden jamás declarar. Pero Dios sabe que mi pecado en este mundo fue igual al de un ciego que cae en un precipicio que no puede ver ni evitar. ¡No me abandones en este momento de debilidad! Quédate conmigo por lo menos hasta que la tentación haya pasado, o me arrojo a ese lago para acabar de una vez con mi poder y con mi miseria.

Siempre había tenido Mordaunt una especie de afecto por esta mujer singular, motivado quizá por la consideración que ella había tenido con él. De modo que se dejó fácilmente seducir por sus palabras y se dispuso de nuevo a escuchar lo que quisiera decirle.

—No vine a hablaros de mí, hijo —prosiguió la mujer en el tono firme y severo que le era característico—. Bueno o malo, mi destino es invariable. En lo que a mí se refiere, he llegado a ser insensible, pero los que amo hacen que conserve aún los sentimientos que me ligan a la especie humana. Fíjate bien en lo que voy a decirte. En el nido de un águila, la más noble de cuantas aves agitan el aire sobre estas encumbradas rocas, se ha introducido una víbora. ¿Quieres ayudarme para destruir al reptil y salvar a la noble raza del príncipe de los cielos del Norte?

—Yo no sé adivinar enigmas. Habladme con mayor claridad si queréis que os comprenda y os conteste.

—Sea, pues, en lenguaje vulgar. Vos conocéis a la familia Troil, a las amables hijas del generoso Magnus, Minna y Brenda. Vos las conocéis y las queréis.

—Las he conocido, mi buena madre, y las he querido. Nadie lo sabe mejor que vos.

Una inmensa amargura se reflejaba en las palabras del joven.

# CAPÍTULO IV

Norna contempló al joven con una mirada tierna y le dijo:

—Quien las conoció una vez las conoce siempre. Y quien las amó una vez las ama siempre.

—Se han olvidado de mí —replicó Mordaunt con dolor—. La familia Troil ya no me brinda su afecto. Pero he de deciros que haré cuanto esté en mi mano por servirles a todos ellos, pues no he perdido la memoria de una amistad antigua.

—¿Sabréis olvidar las recientes indiferencias? —preguntó la mujer.

—Sabré.

—Pues bien, Magnus Troil albergó una serpiente en su seno y sus amables hijas se hallan a merced de un infame.

—¿Habláis de Cleveland?

—De él hablo. Ahora me arrepiento de no haberle dejado morir en la playa.

—Pues yo no puedo arrepentirme de haber cumplido mis deberes como cristiano. Lo que no comprendo es por qué decís que puedo serle útil a la familia Troil.

—Porque todos ellos están engañados con ese extranjero.

—¿Y por qué no le referís a Magnus Troil lo que acabáis de contarme?

—Porque los que se entregan demasiado a su propia sabiduría deben recibir una amarga lección de la experiencia.

Ayer mismo hablé con Magnus y me dijo que mis opiniones eran cosas de vieja. Y ya que desprecia los consejos de la vejez, espero que siga los de la juventud. Id, pues, a su casa el día de San Juan.

—Aunque no me han invitado, había pensado ir.

—Es preciso seguir ese buen pensamiento. ¿No visitamos a los amigos cuando están enfermos? ¿Por qué no hemos de visitarles cuando el que sufre es el espíritu? No dejéis de ir, tal vez me encontréis allí. Quedad con Dios y no habléis a nadie de este encuentro.

Se separaron. Mordaunt permaneció en pie a la orilla del lago con los ojos fijos en Norna, hasta que la figura de la mujer desapareció por los recodos de la senda. El joven emprendió después el camino de regreso a casa de su padre.

Este incidente quedó grabado en la memoria del joven en los días que siguieron. Se acercaba el de la fiesta y, sin embargo, Mordaunt no recibía recado o invitación alguna, cuando en otro tiempo no hubiera habido fiesta completa en toda la isla sin su presencia. Y mientras tanto no se hablaba en todas partes más que del favor de que gozaba el capitán Cleveland en casa de los Troil.

Swertha contemplaba a su amo, quien se sentía taciturno y triste, y le decía:

—No debió ayudarle a vivir. Hay que dejar al mar hacer sus cosas, pues jamás trajo fortuna el contrariarle.

No creía, como ya hemos dicho, Mordaunt en tales supersticiones, pero, avivado el fuego por la hábil criada, pensaba que descansaba sobre él un maleficio cuyo poder y extensión desconocía. Su curiosidad y su inquietud le exasperaban y le hacían afirmarse en el propósito de ir a la fiesta que se aproximaba, porque un vago presentimiento parecía anunciarle que en ella ocurriría algo extraordinario que iba a influir decisivamente en su porvenir.

Hallábase entonces su padre en buen estado de salud y de ánimo, de modo que le fue preciso anunciarle su proyecto de ir a la mansión de los Troil. Enterado Mertoun de este proyecto, le preguntó que por qué debía acudir.

—Hay una gran fiesta, en la que se hallará presente todo el pueblo —respondió el muchacho.

—Y vos deseáis aumentar el número de locos que acuden a ella. Id en buena hora, mas andad con cuidado.

—¿Puedo preguntaros la razón de este consejo?

—Magnus Troil tiene dos hijas. A vuestra edad se miran tales juguetes sin darles importancia, pero después, cuando tocamos los resultados, sólo podemos llorar el día en que abrimos los ojos a la luz. Obrad siempre con cautela y desconfiad de las mujeres.

Más de una vez había expresado su padre su desconfianza sin límites hacia el sexo femenino, pero Mordaunt no entendía la causa de este recelo, ya que no era comprensible que seres humanos desconfiaran de otros seres humanos sin causa ni motivo justificado.

—Las hijas de Troil me son tan indiferentes como las demás muchachas de la isla —repuso el joven, intentando tranquilizar a su progenitor.

—Si tan indiferentes os resultan, ¿por qué queréis ir allí? No es preciso que respondáis. Si la imprudencia os guía, no seré yo quien os detenga.

Al día siguiente, víspera de la gran fiesta, Mordaunt se encaminó a Burgh-Westra, residencia de los Troil. En su imaginación se sucedían las instancias de Norna para que acudiera, las palabras de su padre y los consejos de

Swertha. Tales recuerdos llenaban su alma de melancolía, mas no por ello desistió de su propósito.

El tiempo era hermoso. Ni una nube enturbiaba el horizonte. Mordaunt caminaba con paso rápido, deseoso de alcanzar cuanto antes su destino. En el camino tropezó con los Yellowley, que le habían brindado cobijo el día de la tormenta, y fue saludado por Baby amablemente:

—¿Vais a la aldea?

—Me dirijo a Burgh-Westra —respondió el joven.

—¡Qué maravillosa coincidencia! Nosotros también vamos allí, ¿verdad Triptolemo?

El hermano respondió con un bufido y siguió su camino sin detenerse a dar más explicaciones.

Hicieron juntos el camino hacia Burgh-Westra. Mordaunt hubiera preferido viajar solo, pues su ánimo no soportaba bien en aquellos momentos las murmuraciones de Baby, pero nada pudo hacer en contra. Se limitó, por tanto, a asentir o negar con la cabeza a cada pregunta de la mujer, ajeno al contenido de su charla y a todo cuanto pudiera distraer su imaginación. Triptolemo, mientras tanto, caminaba en silencio, sin molestarse siquiera en fingir interés por la conversación que, también él, estaba lejos de sentir.

Ya a lo lejos distinguieron Burgh-Westra por el humo que salía de sus chimeneas.

—Viendo tanto humo —dijo Baby— se podría pensar que toda la aldea está ardiendo. Hasta aquí llega el olor de la comida.

La avarienta Baby aceleró el paso y los hombres la siguieron a prudente distancia.

El humo, en efecto, llenaba el aire de un cierto olor a pan recién hecho y otros alimentos. Pero no era menor el ruido que provenía del lugar.

De todas partes llegaban cuadrillas de amigos cuyas caballerías, apenas se libraban del jinete, volvíanse al trote hacia sus campos, pues de esta manera se licenciaba a los caballos que se habían reclutado sólo para el servicio de un día.

Otros, que habitaban en la costa o en las islas inmediatas, llegaban por mar y desembarcaban en una pequeña ensenada que servía a la vez de puerto a la mansión de los Troil y a la aldea.

Las puertas de la casa se abrían de par en par para acoger a los huéspedes que iban llegando. Parecía como si el edificio no fuera a poder contenerlos a todos, a pesar de su gran tamaño.

Mordaunt empezó a atormentarse pensando si el señor Troil le dispensaría la misma agradable acogida que a los demás. Al acercarse más distinguió con mayor claridad el sonido alegre de los instrumentos y las voces de los músicos, que empezaban a ensayar las canciones con que se proponían divertir a la concurrencia aquella noche.

Cuando Mordaunt y sus acompañantes alcanzaron el umbral de la puerta, vieron a Magnus Troil. Éste, ricamente ataviado para la ocasión, dibujó en su cara una leve expresión de disgusto al contemplar al grupo y saludó a los Yellowley fríamente. Después miró al joven y le dijo:

—Sed bien venido.

—Aún no es muy tarde para irme si mi presencia no es bien recibida —respondió el muchacho con idéntica frialdad.

—Mejor que nadie sabéis que iros de tal modo sería ultrajar al dueño de la casa —repuso Troil—. No alteréis la armonía que reina entre mis huéspedes. Entrad y ved lo que mis hijas han preparado para esta noche.

Los invitados penetraron en la mansión. Los grandes salones estaban atestados de gente y los jóvenes, en particular, se mostraron muy alegres ante la presencia de Mordaunt.

Rodeáronle todos, apresurándose a preguntarle por qué hacía tanto tiempo que no se le veía en la aldea. Pero Mordaunt estaba ausente, preocupado por el recibimiento que le dispensarían las dos hermanas.

—El estado de salud de mi padre —contestó a las preguntas de sus amigos— no es satisfactorio. He aquí la causa fundamental de mi alejamiento de fiestas y bailes.

Se desprendió en cuanto pudo de la compañía molesta de sus antiguos amigos y se dirigió al gabinete de las jovencitas. Deseaba ver cuanto antes a las hijas del señor Troil.

Llamó a la puerta del gabinete y una voz le invitó a entrar. La estancia estaba ocupada por Brenda, Minna, el capitán Cleveland y un viejecito delgado, pequeño y ligero, en cuyos ojos aún se conservaba la viveza de la perdida juventud.

Las dos hermanas se levantaron al punto al ver a Mordaunt. Se ruborizaron y le saludaron como a un simple conocido, con mayor frialdad, si cabe, que su padre. Pero, si bien en los ojos de Minna no había rastro de la antigua amistad, los de Brenda, por el contrario, reflejaban un cierto destello de culpabilidad.

El embarazoso silencio quedó roto por la intervención del capitán Cleveland, quien se adelantó a Mordaunt y le saludó con la franqueza propia de los marinos, como al hombre que había salvado su vida.

El viejecito delgado, que hasta entonces había permanecido al margen, se adelantó también y saludó a Mordaunt con estas palabras:

—¿Cómo se encuentra vuestro padre?

—Está muy bien, querido maestro.

—Me alegro mucho. Dadle recuerdos de este viejo Claudio Halcro.

—Lo haré encantado.

—Pero ahora, querido amigo, es preciso que os suméis a nuestro grupo. Estábamos ensayando una canción, pero será mejor que la interpretéis vos, ya que mi voz no es la apropiada.

—No os calumniéis así, mi querido maestro —repuso Mordaunt.

—En cualquier caso, será ideal que cantéis vos, ya que poseéis la más bella voz del país.

—El señor Mertoun ha llegado muy tarde en esta ocasión para ser de los nuestros —dijo Minna—. Nosotras lo lamentamos mucho, pero es irremediable.

—¿Cómo? —replicó Halcro vivamente—. ¿No habéis cantado juntos toda vuestra vida? Creedme, Minna, si os digo que las canciones antiguas son las mejores, y mejores son también los antiguos amigos.

—Os engañáis por completo, señor Halcro —dijo Brenda con tono de disgusto y ruborizándose nuevamente.

—¿Qué significa esto? —preguntó el hombre mirándolas sucesivamente—. ¿Quién os ofendió, señoritas? Temo haber sido yo, pues siempre que los jóvenes se enfadan echan la culpa a los viejos.

—De haber algún culpable —añadió Minna—, no seríais vos.

Las dos hermanas se agarraron del brazo, como buscando refugio.

—Me haréis pensar, Minna —intervino Mordaunt—, que acaso fue el último en llegar quien os ofendió.

El joven usaba un tono de chanza que estaba muy lejos de sentir en su interior.

—Poco importa quién sea el culpable —dijo Minna— cuando el que podía quejarse está resuelto a no darse por ofendido.

—Vamos, hermana —dijo Brenda—. Estuvimos aquí demasiado tiempo y tal vez hagamos falta en otro lugar. El señor Mordaunt sabrá disculparnos en un día como hoy, en que tantos cuidados nos reclaman.

Y las dos hermanas salieron del gabinete cogidas del brazo, sin atender al señor Halcro, que intentaba detenerlas. Después, volviéndose hacia Mordaunt, exclamó:

—¡Qué volubles son estas muchachas!

Halcro preguntó luego al capitán Cleveland:

—¿Sabéis vos lo que pudo alterar la armonía del tono en estas dos amables Gracias?

—No hay tiempo más perdido que el que se emplea en averiguar por qué cambió el viento o por qué varió una mujer. Si yo estuviera en el lugar del señor Mertoun, no volvería a preguntarles por segunda vez a tan orgullosas beldades.

—Consejo es éste que os agradezco —repuso el aludido—, aunque no os lo pedí. Mas, permitidme una pregunta: ¿Sois vos tan indiferente a la opinión de las señoras como me incitáis a que lo sea yo?

—¡Yo! Os juro por mi vida que no pensé dos veces en ello. Hasta el presente no he visto una mujer que valiese la pena de pensar en ella después de haber levado el ancla. En tierra ya es otra cosa. Soy capaz de cantar, de reír, de bailar y hasta de enamorarme de veinte muchachas a un tiempo si ellas se empeñan, aunque no valgan ni la mitad de las que acaban de salir de aquí, con la seguridad de que no se acuerden de mí en cuanto suene el pito del contramaestre llamando a bordo. Y apuesto dos contra uno que no ha de ser más duradero el recuerdo que yo guarde de todas ellas.

—Tales sentimientos —respondió Mordaunt con ironía— sólo son dignos de quienes poseen arteramente el arte de ganar la voluntad de las personas que la casualidad pone en su camino. Y, por otra parte, no pueden perder más de lo que ganan.

Cleveland tenía un aire de triunfo que le hacía insoportable a los ojos de Mordaunt. Joven, gallardo y satisfecho de sí mismo, le sentaba admirablemente el aire desembarazado y franco de su profesión y se adaptaba muy bien a las costumbres sencillas de la apartada región en que se hallaba, donde una mayor finura hubiese hecho desagradable su trato aun para las principales familias del país.

Ante el resentimiento de Mordaunt, el capitán sonrió de buena gana y dijo:

—Por más enojado que os mostréis conmigo, no conseguiréis que me enoje con vos. Las manos más bellas de este mundo no habrían conseguido salvarme la vida. Pongo por testigo al señor Halcro de que, aunque me hicieseis una descarga cerrada, yo no he de haceros ni un solo disparo.

# Capítulo V

Claudio Halcro, que había contemplado la escena en silencio, intervino entonces para decir:

—Señor Mertoun, habéis de ser amigo del capitán Cleveland. No riñáis nunca con un amigo por los antojos de una mujer.

Los tres caballeros permanecieron un rato más en la estancia y después se dirigieron al salón, al recibir el aviso de que todo estaba dispuesto para los invitados.

Reinaba en la mesa de Magnus Troil la mayor abundancia. Crecido era el número de convidados que se hallaban en ella y mucho mayor aún el de conocidos de menor consideración, como aldeanos, pescadores y criados, que se regalaban en otras salas.

También habían acudido en gran profusión los pobres de la aldea y cabañas de quince leguas a la redonda, para aprovecharse de la generosidad del señor Troil.

Este espectáculo impresionó de tal manera a Triptolemo Yellowley que juzgó conveniente frecuentar más, en adelante, la amistad de tan ilustre señor, pues no era oportuno que llegase a oídos del gobernador de Zelanda que su delegado no estaba en tratos cordiales con el señor de Burgh-Westra.

Baby, la avarienta hermana de Triptolemo, estaba completamente abstraída deplorando el despilfarro que suponía aquella comida y calculando los gastos de un festín que no había visto tal vez semejante en toda su vida.

Había convidados que se hacían servir de un plato que no había sido aún empezado, y que hubiera podido servir para la cena, con la misma desfachatez que si hubiesen comido de él media docena de invitados. Nadie parecía inquietarse, y menos que todos el anfitrión, si se destrozaba uno de aquellos platos.

También Mordaunt Mertoun estaba harto ocupado en otros pensamientos muy lejanos a la alegría que se supone ha de reinar en fiestas semejantes. Hallábase sentado entre dos hermosas jóvenes, pero al mismo tiempo que tenía para sus hermosas vecinas todos los cuidados exigidos en buena sociedad, no dejaba de observar secretamente a sus dos jóvenes amigas, que parecía que ya no lo fueran, y tampoco descuidaba mirar a Magnus Troil.

En la conducta del señor Troil no se veía nada anormal. Tenía el mismo tono de alegría con que procuraba siempre animar a los convidados, siendo como era el alma de la fiesta. La alegría de las dos hermanas era, en cambio, muy diferente, y le dio lugar a muchas observaciones penosas.

Hallábase Cleveland sentado entre las dos y a una distancia de Mordaunt lo suficientemente cercana como para que éste pudiera ver y oír perfectamente lo que pasaba entre ellos. Aunque el capitán atendía igualmente a las dos hermanas, parecía ocuparse más particularmente de la mayor.

No dejaba de comprenderlo la más pequeña, que más de una vez le dirigió miradas a Mordaunt en las que creyó descubrir éste algún recuerdo de sus antiguas relaciones y hasta algún sentimiento de verlas interrumpidas.

Minna, por el contrario, no se ocupaba más que de su compañero de mesa, lo que causaba en Mordaunt una sorpresa igual a su resentimiento. Minna, la seria, la prudente, la reservada, la que en aire y modales denunciaba una elevación tan grande de carácter, la que siempre prefería las ocupaciones calladas; Minna que, en una palabra, tenía un carácter que parecía completamente opuesto al que se hubiera supuesto en una mujer capaz de dejarse seducir por la galantería audaz y grosera de un hombre como Cleveland, no tenía ojos ni oídos más que para él.

Se dejaba traslucir en todas sus acciones, en todas sus palabras y en su graciosa sonrisa, su interés y una atención tales que Mordaunt, ya diestro en juzgar sus sentimientos, no pudo dudar hasta qué grado poseía Cleveland su amistad y su cariño.

—¡Cielos! —se decía a sí mismo—. ¿Qué podrá encontrar en ese hombre? Tiene un aire de audacia e importancia que le proporcionan algunos éxitos, pero eso no puede hacer olvidar su natural despotismo. Además, este hombre mezcla en sus conversaciones muchas más palabras técnicas que cuantos oficiales de marina he oído hablar en mi vida, y sus agudezas son de tal índole que en otra ocasión Minna no hubiera podido sufrirlas. A Brenda misma parece que le gustaban menos que a ella, y eso que a Minna deberían serle más desagradables.

Sin embargo, las reflexiones que el resentimiento inspiraba a Mordaunt eran engañosas. Hasta cierto punto, miraba a Cleveland con ojos de rival y, por consiguiente, criticaba con excesiva severidad su conducta y sus modales que, sin ser muy refinados, no tenían nada que pudiese chocar en un país habitado por gentes tan sencillas.

Tenía, por otra parte, Cleveland un aire franco y abierto de marino, mucha gracia natural, una alegría comunicativa y una confianza sin límites en sí mismo. Poseía también un carácter emprendedor que bastaba por sí solo para obtener grandes ventajas con el bello sexo.

Mordaunt se engañaba así mismo al suponer que debiese desagradar a Minna porque sus caracteres eran tan opuestos en cuestiones esenciales. De haber conocido mejor el mundo, hubiera tenido ocasión de observar multitud de uniones entre personas que no tienen ninguna relación ni semejanza en los gustos, modos de pensar y disposiciones.

Si Mordaunt hubiese tenido más experiencia y hubiese conocido mejor el curso de las cosas humanas, no se habría sorprendido tanto de que un hombre como Cleveland, joven, bien formado, audaz, emprendedor, que había pasado por grandes peligros y que hablaba de ellos como de un juego, hubiera aparecido ante la imaginación romántica de Minna como dotado de todas las bellas cualidades que su admiración ponía en un héroe.

De modo que cuanto menos conformes estuviesen con la sociedad la vivacidad y la franqueza que mostraba Cleveland, tanto más lejos estaría ella de pensar que tratase de deslumbrarla por este medio. Y aunque Cleveland parecía a primera vista extraño completamente a los usos delicados y finos de la sociedad, tenía, por otra parte, bellas condiciones de que le había dotado la Naturaleza y que le permitían conservar, exteriormente al menos, la ilusión que había causado.

La necesidad, gran maestra de todas las artes liberales, nos enseña también a disimular, y Mordaunt, aun cuando era novicio, no dejó de tomar lecciones de ella. Como evidentemente era menester, para observar mejor la conducta de las personas que le interesaban, someter la suya propia a cierta sujeción, procuró por lo menos parecer de tal modo ocupado en obsequiar a sus vecinas que Minna y Brenda le creyeron indiferente a todo lo demás.

Ayudaba poderosamente a los esfuerzos que hacía para estar contento la jovialidad de las dos señoritas Maddie y Clara Groatsetars, que pasaban en las islas por dos ricas herederas y se consideraban en aquel momento muy dichosas viéndose bajo la esfera de influencia del joven Mertoun.

Pronto se empeñaron los tres en animada conversación, animación favorecida por el hecho de que la tía de las jóvenes, la vieja y buena lady Glowrowrum, se encontrara a una distancia prudencialmente lejana de ellos. Mordaunt contribuyó con su ingenio a esta conversación, mientras que las dos señoritas lo hicieron con su gracia y sus sonrisas.

Mas, en medio de esta aparente alegría, Mordaunt no dejaba de observar de cuando en cuando a las hijas de Magnus Troil, y siempre le parecía que la mayor se ocupaba únicamente en la conversación de Cleveland, no concediendo ni un solo pensamiento al resto de los invitados, mientras que Brenda, convencida de que Mordaunt no hacía ningún caso de ella, se contenía menos en dirigir su vista inquieta y melancólica hacia el grupo del que él formaba parte.

El joven se sintió emocionado al ver la turbación y desconfianza que aparecía pintada en los ojos de Brenda, y resolvió en secreto buscar ocasión de tener aquella noche una completa explicación con ella.

Se acordaba de que Norna había dicho que ambas hermanas estaban en peligro, y aun cuando no le explicó su naturaleza, presumía que no podía ser otra la causa que el error que mantenían sobre el carácter de aquel extranjero que sabía atraerse la voluntad de todos, y resolvió buscar los medios para hacer que todo el mundo conociese quién era Cleveland y salvar así a sus jóvenes amigas.

Tan ocupado se hallaba en estas reflexiones que sus atenciones para con las señoritas de Groatsetars se fueron debilitando insensiblemente.

Minna dio por fin a las señoras la señal de retirarse de la mesa. Saludó a toda la concurrencia con la gracia que le era natural y con una dignidad un poco altiva, pero sus ojos se tornaron dulces cuando se fijaron en Cleveland.

Brenda, con el rubor que cubría sus mejillas siempre que tenía que desempeñar alguno de los deberes de sociedad que la exponían a las miradas generales, hizo la misma ceremonia con un embarazo que acaso rayaba en la torpeza, pero que hacían interesante su juventud y su timidez.

A Mordaunt le pareció que los ojos de Brenda le habían distinguido entre todos los demás que le rodeaban, y por primera vez se atrevió a sostener su mirada y devolvérsela. La joven, al conocerlo, se ruborizó aún mucho más, y en su emoción pareció mezclarse algo que delataba que su corazón se hallaba oprimido por algún sentimiento.

Después que se retiraron las señoras, los hombres, antes de comenzar el baile, se pusieron a beber grandes tragos de un modo muy decidido, como era costumbre en aquel tiempo.

El viejo Magnus, uniendo el ejemplo de las palabras, les animaba a no perder el tiempo, ya que las señoras no tardarían en requerir las piernas para el baile. Hizo al mismo tiempo seña a un criado que se encontraba a su espalda y le dijo:

—¿Tienes la carga completa a bordo de mi buen navío?

—Carga completa —respondió el criado— de excelente aguardiente, de coñac, azúcar de Jamaica y limones de Portugal, por no hablar de la nuez moscada y de las tostadas.

Los invitados prorrumpieron en grandes carcajadas al oír estas palabras. Sabían ya que era el preludio a la llegada de un *bol* de ponche de un tamaño enorme.

El *bol,* regalo de un capitán que regresaba de las Indias Orientales, fue colocado ante el señor Troil, quien lo servía en grandes vasos a los que se hallaban en las inmediaciones, y lo enviaba en un tremendo jarro de plata a quienes se encontraban más alejados de su posición. Las idas y venidas de estas jarras fueron objeto de agudos comentarios.

No tardó el ponche en producir el efecto que podía esperarse. La alegría se hizo más animada y estrepitosa. Muchos convidados cantaron, y no sin acierto, canciones báquicas de antiguo origen.

En fin, a fuerza de beber y cantar, la algarabía sucedió a la timidez, la locuacidad al comedimiento y la libertad a las obligaciones sociales. Todos querían hablar. Todo el mundo se lanzó sobre su caballo de batalla, pretendiendo que sus compañeros se ocupasen de admirar su agilidad.

Sólo Mordaunt parecía ausente. Al igual que su padre, se abstenía de probar el ponche y prefería mantener la cabeza en su sitio, por si hubiera de necesitarla para menesteres más importantes.

Mas al fin llegó el momento del baile. La sala preparada a tal efecto era una vasta pieza digna de la sencillez de aquellas islas. El techo era bajo y las paredes se hallaban iluminadas por candelabros y linternas procedentes de los diferentes navíos que habían naufragado en aquellas costas a lo largo de los años. Diversas cajas, conteniendo mercancías de distintas clases, estaban esparcidas alrededor del salón, dándole un aire informal que no impidió satisfacer las expectativas de los convidados, poco acostumbrados, por otra parte, a mayores lujos.

La estancia se llenó al instante. Había grupos de viejos, con los cabellos crespos y el rostro curtido, sentados en sillas preparadas a tal efecto.

Los jóvenes, por el contrario, tenían el pelo largo y rubio, un tinte en el cutis fresco y encarnado, y mostraban la arrogancia hermosa de su corta edad.

Lleno de penosos recuerdos contemplaba Mordaunt esta escena general de gozo y diversión. Decaído de la preeminencia que hasta entonces le había concedido su clase de primer bailarín y director de aquellas fiestas estrepitosas, veíase suplantado por Cleveland.

Deseando sofocar tan aflictivas memorias, que comprendía que no era prudente alimentar, ni hallando digno de un hombre darlas a conocer, se acercó a las hermosas vecinas que había obsequiado en la comida con la intención de invitar a una de ellas para que bailase con él. Pero la vieja tía lady Glowrowrum, que durante la comida había sufrido con el mayor disgusto, en la imposibilidad de evitarla, aquella extraordinaria alegría de sus sobrinas, no permitió que se renovase en el baile una intimidad que tanto le había molestado.

Irritado por tal desprecio y no queriendo exponerse a recibir nuevas afrentas, tomó Mordaunt el partido de retirarse de entre los bailarines y de ir a confundirse con el tropel de gentes, de una clase inferior, que estaban en el fondo de la sala como simples espectadores.

Allí, al abrigo de nuevas mortificaciones, buscó el medio de digerir del mejor modo que podía lo que acababa de recibir, es decir, muy mal, y con toda la filosofía de su edad, es decir, sin ninguna filosofía.

No faltaban tampoco otras diversiones para los que no gustaban del baile o no habían encontrado pareja a su gusto o, simplemente, se encontraban haciendo un alto en el camino.

Claudio Halcro estaba en su elemento: había logrado reunir en torno suyo a numerosos oyentes, a quienes repetía sus poesías con glorioso entusiasmo.

Medio atento a la voz del poeta, medio ocupado en sus propias reflexiones, Mordaunt Mertoun se hallaba junto a la puerta de la habitación y fuera del círculo que se había formado alrededor de Halcro, quien se afanaba en declamar una poesía basada en las excelencias de los campos noruegos y en las habilidades para la guerra y para la agricultura de los muy nobles hijos de Odín.

# Capítulo VI

Triptolemo Yellowley, que se encontraba entre los convidados que habían escuchado atentamente la poesía de Claudio Halcro, no pudo contener sus iras contra las recién contadas excelencias de los noruegos y exclamó:

—¡Pobres paganos! Nos hablan de mieses y cosechas, pero yo creo que no han cogido en su vida dos espigas de cebada.

—Pues entonces tienen mucha más habilidad —dijo Halcro— si consiguen hacer cerveza sin su rica cebada.

—¿Cebada? —preguntó Triptolemo—. ¿Quién oyó jamás hablar de cebada en estos parajes?

Claudio Halcro le miró extrañado.

—Avena, amigo mío, avena —prosiguió el agricultor—. Eso es lo único que tienen esos infelices, y aun me sorprende que puedan coger ni una sola espiga, porque lo único que hacen es arañar la tierra con una mala máquina que llaman arado y que hace el mismo efecto que si la removieran con una horquilla. Hay que ver la reja y el yugo de un verdadero arado escocés, con un joven robusto como Sansón colocado entre las maceras y dándoles fuerza capaz de levantar una roca.

Triptolemo se hallaba verdaderamente indignado. Hizo una pausa para respirar, pues sus palabras seguían una loca carrera, y siguió diciendo:

—Dos bueyes forzudos y otros tantos caballos os abren un surco como el cauce de un arroyo. Los que han disfrutado de semejante espectáculo han visto algo más digno de contarse que esas viejas historias de combates y carnicerías de que tantas veces ha sido teatro este país, aun cuando empleéis vuestra poesía en cantar las alabanzas de vuestros héroes y de sus sanguinarias hazañas.

—¡Eso es una herejía! —dijo el poeta—. Es una herejía nombrar el país de cualquiera sin que éste se prepare a defenderlo, o a lo menos a hacer mella en el del agresor. Hubo un tiempo en que si no sabíamos hacer buena cerveza ni buen aguardiente, sabíamos dónde encontrarlo todo hecho. Pero hoy, los descendientes de los reyes del mar, de los campeones del Norte, se han vuelto tan incapaces de manejar las armas como las mujeres. Sólo saben alardear de su talento para remar y de su agilidad para trepar por las rocas.

—¡Bravo! —exclamó el capitán Cleveland—. Habláis como los ángeles, noble poeta.

Cleveland, que se había acercado al grupo en el intermedio de una contradanza, se sumó repentinamente a la discusión.

—¡Qué magníficos personajes! —añadió—. Dignos amigos del mar y enemigos de todo lo que encontraban. Sus barcos eran bastante groseros pero llegaron con ellos hasta los mares de Levante. Yo dudo que jamás haya habido marineros más hábiles.

Claudio Halcro, animado por esta intervención, dijo:

—Les hacéis justicia, capitán. En aquellos tiempos nadie podía decir que era dueño de su vida y de sus bienes más que viviendo a veinte millas de distancia del mar azul. En todas las iglesias de Europa se hacían rogativas para que Dios les librase de la cólera de los habitantes del Norte.

—En efecto —asintió Cleveland.

—En Francia, en Inglaterra y en Escocia —añadió Halcro—, a pesar de que ahora levanten tanto la cabeza, no había una bahía, no había un puerto en que no se paseasen con tanta libertad nuestros marineros como los pobres diablos que habían nacido en él.

Halcro miró a Triptolemo con ira y dijo:

—Ahora, a fe mía, nos fuera imposible el hacer venir ni aun la cebada sin el auxilio de los escoceses. Yo quisiera que volvieran aquellos tiempos en que medíamos nuestras armas con las suyas.

—Eso es hablar como un héroe —afirmó Cleveland.

—Y solamente quisiera —prosiguió el poeta— que fuera posible ver a nuestros barcos, en otro tiempo dragones marinos para el mundo, bogar desplegando en lo alto los estandartes con el cuervo negro, y llevando sus puentes llenos de armas en vez de estar dedicados al comercio. Quisiera verles vengar los antiguos desprecios y los ultrajes recientes, cogiendo donde jamás sembramos, cortando los árboles que no habíamos plantado y viviendo alegremente en todos los climas, como si únicamente nosotros habitásemos en el globo.

Así se explicaba Halcro, haciendo grandes ademanes que indicaban a todas luces que el ponche del señor Troil había tenido en él un ferviente partidario.

Cleveland, con un aire entre gracioso y serio, le repitió, poniéndole una mano en el hombro:

—Eso es hablar como un héroe.

—Eso es hablar como un loco —exclamó Magnus Troil, quien se había incorporado al grupo, atraído por la vehemencia del poeta—. ¿Contra quién os dirigís? Nosotros somos todos vasallos del mismo soberano e individuos del mismo reino.

El señor Troil, ferviente defensor de sus antepasados del Norte, se mostraba cauteloso.

—Vuestros viajes —prosiguió—, señor Halcro, podrían terminar en el patíbulo de Tyburn. Yo no estimo a los escoceses.

Troil miró a Triptolemo y añadió:

—Perdonadme, señor Yellowley. No estimo a los escoceses, es cierto, aunque les estimaría si quisiesen estarse quietos en sus casas y dejarnos vivir en paz, según nuestros usos y costumbres. Con lo que el mar nos envía y la tierra nos presta, y con algunos buenos amigos que nos ayuden a consumir todo ello, yo creo que somos bastante dichosos.

—Yo sé lo que es la guerra —dijo un viejo que se hallaba en el corro—, y mejor quisiera atravesar en una cáscara de nuez el más embravecido de los mares que exponerme de nuevo a sus furores.

—¿Y en qué guerra habéis ejercitado vuestro valor? —le preguntó Halcro.

—Fui obligado a servir a las órdenes de Montrose cuando vino a estas islas, allá por los años de mil seiscientos cincuenta y uno, y me llevó juntamente con otros muchos, de grado o por fuerza, para hacernos cortar la cabeza en los desiertos de Strethnavern. No lo olvidaré nunca. Los oficiales nos gritaban que nos mantuviéramos firmes, pero la mayor parte miraba por qué lado podríamos salvarnos. En éstas cayó sobre nosotros la infantería y nos desbarató por completo. Para remate de cuentas nos hizo pedazos en términos tales que caímos tan a prisa como los bueyes en el matadero.

Minna, que también se había acercado al grupo movida por la curiosidad ante la tardanza de su compañero de baile, el capitán Cleveland, preguntó entonces:

—¿Y Montrose? ¿Qué fue de él? ¿Qué pensó de esa derrota?

—Se sintió como un león acorralado por los cazadores —dijo el viejo—, mas yo no me detuve a mirar el camino que siguió. Tomé el mío propio por entre las montañas.

—¿Le abandonasteis? —preguntó Minna con desprecio.

—No fue por mi culpa —repuso el viejo—. Yo me hallaba en armas contra mi voluntad y, además, ¿qué podía hacer? Cuando los demás huían como corderos, ¿por qué había de quedarme yo?

—Habría sido más digno morir con él —insistió Minna.

—Eso os habría permitido vivir para siempre con él en versos inmortales —añadió Halcro.

—Mil gracias —repuso el viejo—, pero prefiero beber a nuestra salud esta rica cerveza estando vivo como lo estoy, que daros el placer de hacer versos en mi elogio, señor Halcro. Además, que huyesen o se batiesen es lo mismo, porque Montrose fue cogido.

—¡Pobre Montrose! —fueron las palabras de Minna.

—Le ahorcaron a pesar de todas sus proezas —dijo el anciano—. En cuanto a mí...

—Yo creo que os almohazaron perfectamente —le interrumpió Cleveland.

—No se almohaza más que a los caballos, amigo mío —intervino el señor Troil—. Creo que no tendréis la vanidad de creer que con vuestro aire de toldilla vais a ruborizar al pobre vecino Haagen por no haberse hecho matar hace una cuarentena de años. Vos le habéis visto la cara a la muerte, pero la habéis visto como un joven que desea que se hable de él. Mas nosotros somos gente pacífica, es decir, somos pacíficos mientras los demás lo sean con nosotros y nadie se atreva a insultarnos a nosotros o a nuestros vecinos, porque entonces tal vez no encontrase nuestra sangre septentrional más fría que la de los antiguos escandinavos, a quienes debemos nuestro nombre y linaje. Vamos al baile de espadas a fin de que los extranjeros que se hallan entre nosotros puedan ver que nuestras manos no han perdido aún del todo la costumbre de manejar las armas.

Inmediatamente se sacaron de un viejo cofre una docena de machetes o alfanjes, cuyas hojas enmohecidas daban a entender que salían raras veces de la vaina. Con ellos se armaron seis jóvenes, a los que se unieron seis muchachas capitaneadas por Minna. Los cantores iniciaron un canto apropiado al antiguo baile noruego cuyas marciales evoluciones tal vez aún siguen ejecutándose en aquellas lejanas islas.

El primer movimiento era gracioso y al mismo tiempo lleno de majestad. Los jóvenes tenían sus espadas en alto, sin hacer grandes ademanes, pero el aire y movimientos de los bailarines se iban haciendo progresivamente más rápidos.

Sus espadas se entrechocaban a compás con tal viveza, que prestaba a la escena cierto peligro a los ojos de los espectadores, aunque la firmeza, precisión y cadencia a la que sujetaban sus golpes los hicieran poco temibles.

Lo que había más notable en este espectáculo era el denodado valor de las muchachas que, rodeadas por los combatientes, se parecían a las sabinas entre los brazos de los romanos.

Otras veces, marchando bajo los arcos que habían formado las espadas cruzadas de sus compañeros sobre sus hermosas cabezas, parecían las amazonas cuando por primera vez se mezclaron en los bailes pírricos con los compañeros de Teseo.

Pero la que más sobresalía entre todas y la que más se prestaba a la ilusión en aquel hermoso cuadro era Minna Troil, a quien Halcro llamaba hace mucho tiempo la reina de las espadas.

Figuraba en medio de los actores de este juego guerrero como si todos los aceros resplandecientes hubiesen sido atributos de su persona o sus juguetes favoritos.

Cuando el baile se hacía más confuso, cuando el choque continuo de las armas hacía temblar a muchas de sus compañeras y les arrancaba demostraciones o señales de terror y de sorpresa, el color uniforme, aunque más animado, de sus mejillas, la encendida serenidad de su semblante y el brillo aún más hermoso de sus ojos, parecían anunciar que cuanto más chocaban los aceros estaba más tranquila y como en su natural elemento.

En fin, cuando la música cesó y ella quedó un momento sola en el centro de la sala de baile, los combatientes y las doncellas que se alejaban parecían los guardianes y el séquito de alguna princesa que se retiraban a una leve señal de ésta y la dejaban un momento entregada a su soledad.

Vuelta muy pronto de aquella especie de arrobamiento al que involuntariamente se había abandonado, y al darse cuenta de que era objeto de la atención general, no pudo menos de sonrojarse.

Abandonando, pues, su hermosa e impremeditada actitud, dio con suma gracia la mano a Cleveland que, aunque no había tomado parte en el baile, se reservó el derecho de conducirla a su asiento.

Cuando pasaron por delante de Mordaunt Mertoun, pudo éste observar que Cleveland dijo alguna cosa al oído de

Minna y que, aunque la respuesta fue breve, ella pareció más confusa que cuando sostuvo las miradas de toda la reunión.

Las sospechas que Mordaunt había concebido aumentaron con lo que acababa de ver. Como conocía perfectamente el carácter de Minna y sabía por experiencia con qué impasibilidad de alma y con qué indiferencia acostumbraba a recibir las atenciones y galanterías que su hermosura y su rango le atraían continuamente, se preguntó:

—¿Será posible que Minna ame realmente a ese extranjero?

Este pensamiento desagradable se ofreció inmediatamente a la imaginación de Mordaunt, y volvió a preguntarse:

—Y si la ama, ¿qué me importa en realidad a mí?

A este segundo pensamiento siguió otro. Aun cuando Mordaunt jamás hubiese reclamado de Minna otro sentimiento que el de la amistad, y a pesar de ver que se le negaba este mismo sentimiento, creía tener motivo, en razón de su antiguo trato, no sólo para sentir, sino para incomodarse de que Minna concediese su afecto a un hombre que Mordaunt creía indigno de poseerlo.

Probablemente en este raciocinio se enmascararon de desinteresada generosidad un poco de la vanidad humillada o alguna sombra de resentimiento. Pero se encuentra a veces en nuestros pensamientos más nobles y sublimes tales elementos de baja especie, que es triste criticar con excesiva severidad en ciertas ocasiones los motivos de nuestras mejores acciones.

Lo mejor que puede hacerse en tales lances es procurar cada uno respetar las acciones de su vecino, sin ocuparse en profundizar demasiado los motivos, por mucho que sea el esmero que ponga en examinar la pureza de sus propios juicios.

Sucedieron al baile de las espadas otras danzas y canciones, en las que lucieron sus habilidades los cantores y el auditorio les hizo coro para repetir algún estribillo favorito.

En estas ocasiones, la música sencilla ejerce su imperio natural sobre los corazones, produciendo aquella emoción que no sabrían inspirar las composiciones de los más sabios maestros.

Era ya cerca de medianoche cuando fuertes golpes en la puerta de la sala y el sonido de la gaita anunciaron con su algarabía la llegada de nuevos invitados, a quienes, según la costumbre del país, les fue inmediatamente franqueada la entrada.

# Capítulo VII

Se habían disfrazado los recién llegados, siguiendo en esto la costumbre de todos los tiempos y países, vistiéndose al modo de los tritones y sirenas que, según una antigua tradición de vulgar procedencia, habían poblado los mares del Norte.

Muy pronto se echó de ver que no eran forasteros aquellos tritones y sirenas, como se creyó al principio, sino personas de la misma reunión que con alguna anticipación fueron retirándose poco a poco sin ser notadas para tomar aquel disfraz, variando así los placeres de la fiesta.

Mordaunt tenía toda su atención concentrada en seguir los movimientos de una sirena que al entrar le hizo una seña que le dio a entender, aun cuando ignoraba por completo quién podía ser, que tenía algo importante que comunicarle.

Esta sirena le oprimió fuertemente el brazo, acompañando la acción con una mirada tan expresiva que le llamó la atención.

Estaba disfrazada con más cuidado que las otras. Llevaba un vestido suelto y bastante largo para ocultar enteramente su figura, y su cara estaba cubierta con una máscara de seda.

Observó al mismo tiempo que se alejaba lentamente de las otras máscaras y se colocaba cerca de una puerta que se hallaba abierta, como si quisiera tomar el aire.

Desde este sitio siguió mirándole con la misma expresión hasta que, aprovechándose de un momento en que la atención de toda la concurrencia se fijaba en las otras sirenas, salió de la habitación.

Mordaunt no dudó un momento en seguir a su misteriosa guía. Ésta se detuvo para que el joven pudiese ver el camino que tomaba, cosa que a Mordaunt no le costó mucho trabajo, pues la noche era despejada y había luna llena.

La sirena trepó por aquellas colinas y recorrió serpenteantes sendas, hasta detenerse por fin en un paraje conocido para el joven, pues muchas veces lo había visitado en compañía de las hijas del señor Troil.

La sirena se sentó en una roca e invitó a Mordaunt a que hiciera lo mismo en una roca cercana. El muchacho obedeció y entonces la mujer se quitó la máscara del rostro.

¡Cuál no sería la sorpresa de Mordaunt al comprobar que se trataba de Brenda Troil!

La mujer rompió el silencio:

—Os sorprenderá sin duda que me haya tomado esta libertad.

—Nada puede sorprenderme ya, Brenda —repuso el joven—. Sólo me extrañaría una demostración de cariño por vuestra parte o por parte de vuestra hermana. No me sorprende esta entrevista, sino el cuidado que habéis puesto en huir de mí durante toda la noche. En nombre del Cielo os pido que me digáis en qué os he ofendido y qué motivo tenéis para tratarme de un modo tan singular.

—¿No basta deciros que ésa es la voluntad de nuestro padre?

Brenda bajó los ojos y su rostro se tiñó de rubor.

—No, Brenda —dijo Mordaunt—. No basta. Vuestro padre no puede haber mudado tan repentinamente de opinión y de conducta con respecto a mí sin haber sido cruelmente engañado. Os pido sólo que me digáis qué cargos se cree con derecho a hacerme. Toleraré que me releguéis en vuestra estimación a un grado mucho más bajo que el último individuo de estas islas si no puedo demostrar que esta mutación no tiene más causa que la más infame calumnia, a no ser un extraordinario error.

—Puede ser... Yo lo creo así, y prueba de ello es el deseo que tengo de veros a solas. Pero es muy difícil... Es imposible que yo pueda explicar la causa del resentimiento de mi padre. Norna le ha hablado con gran franqueza y temo que se hayan separado incomodados.

—Ya he observado que vuestro padre recibe con cierta consideración los consejos de Norna y que es más indulgente con sus singularidades que con las de las demás personas, aun cuando no parece creer en las facultades sobrenaturales que se le atribuyen.

—Son algo parientes —explicó Brenda—. Se querían mucho de jóvenes y hasta he oído decir que trataron de casarse. Las extravagancias de Norna, que se manifestaron después de la muerte de su padre, hicieron que el mío renunciara al proyecto de la posible boda. Le guarda, ciertamente, muchas consideraciones, y el haber reñido con ella por vos prueba que abriga contra vos prevenciones muy arraigadas.

—¡El Cielo os lo premie y os llene de bendiciones por lo que acabáis de decirme! Vos siempre tuvisteis buen corazón.

—En realidad —dijo Brenda, recuperando el tono franco y cordial que siempre había existido entre ambos jóvenes—, jamás he podido creer que pudierais haber dicho algo que nos ofendiese a Minna o a mí.

—¿Y quién se atreve a acusarme de ello? ¿Quién se atreve a acusarme y vanagloriarse de tener segura la lengua en la boca? ¡Juro que quien se atreva a difundir tales calumnias se arrepentirá!

Mordaunt dejó libre su impetuoso carácter de joven ofendido.

—Me asustáis con vuestra cólera —dijo Brenda—. Voy a dejaros.

—¡Cómo! ¿Me dejaréis sin decirme cuál es la calumnia de que se me quiere hacer víctima y sin decir el nombre del calumniador?

—Hay varias personas —respondió la muchacha titubeando— que han asegurado a mi padre... Le han hecho creer que... Perdonadme, pero no os lo puedo decir. Han sido muchas personas.

—¡Aunque pasen de ciento, ni una sola de esas personas ha de escapar a mi venganza! Voy a volver a vuestra casa inmediatamente. Necesito que vuestro padre me haga justicia públicamente.

—¡No, Mordaunt, no hagáis nada! ¡Os lo suplico! ¡No me hagáis la más desgraciada de las criaturas!

—Respondedme sólo a una cosa: ¿es Cleveland uno de mis calumniadores?

—¡No! Vais de un error a otro más peligroso. Siempre ha existido una gran amistad entre nosotros y yo quiero daros ahora una prueba de la mía. Escuchadme atentamente, pues no dispongo de mucho tiempo. Esta entrevista se prolonga demasiado, y cuanto más dure más cercada me veo de peligros.

La cólera de Mordaunt cedió ante el dolor de la joven. Suavizando el tono de su voz, Mordaunt exclamó:

—Decid, pues, lo que queréis de mí.

—Pues bien, ese capitán...

—¡Ya lo sabía yo!

—Si no queréis escucharme sosegadamente y guardar silencio un momento, no tendré más remedio que retirarme —protestó Brenda—. Sólo deseo hablaros de las inquietudes que me procuran las atenciones del capitán respecto a mi hermana Minna.

—Atenciones evidentes, desde luego. Mas, si mis ojos no me engañan, creo que son bien recibidas.

—Eso es precisamente lo que temo. A mí también me incomodan sobremanera el aspecto y la conversación de ese hombre.

—No se puede decir que no sea apuesto, pero sus modales son los de un capitán corsario y, en cuanto a su conversación, no sabe hablar más que de sus proezas.

—Os equivocáis de nuevo, Mordaunt. Habla muy bien de todo lo que ha visto y de todo lo que ha aprendido. Ha viajado por muchos países y conoce muchas culturas.

—Parece que posee el arte de entretener a las muchachas.

—No os burléis, porque así es. Al principio me agradaba tanto como a Minna, pero mi experiencia del mundo es mayor que la de mi hermana y no me dejo deslumbrar tan fácilmente.

La experiencia del mundo a la que aludía Brenda se reducía a una visita a Kirckwall en cierta ocasión y en un corto viaje a Lerwick, pero Mordaunt nada dijo.

—Decidme —exclamó el joven—: ¿cuál ha sido el motivo que os ha hecho pensar después menos favorablemente de ese marino?

—Una de las cosas es que, por melancólicas y tristes que fueran las historias que nos contaba, no dejaba nunca de sonreír. La verdad es que me extrañaba que sólo tuviera deseos de divertirse. Si por él fuera se pasaría la vida bailando.

—¿Bailaba entonces más a menudo con usted que con su hermana?

—Yo nunca he concebido sospecha contra él mientras sus atenciones se dividieron por igual entre las dos.

—¿Y por qué os incomoda que procure agradar a Minna? Es un hombre rico y, a juzgar por vuestras palabras, posee talento, imaginación y amabilidad. ¿Qué más podéis pedir al novio de Minna?

—Olvidáis seguramente quiénes somos, Mordaunt. Estas islas son para nosotras un pequeño mundo. Somos descendientes de los reyes del mar y de los antiguos condes de las Orcadas y no podemos, por tanto, unirnos al primer extranjero que nos visite, sobre todo si no sabemos de dónde viene ni cuándo se va a marchar o a dónde.

—¿Y qué puede impedir a vuestra hermana acompañarle en esta peregrinación?

—No quiero oír hablar con ese tono de ligereza de un asunto tan serio como el que estamos tratando.

La indignación coloreaba las mejillas de Brenda y la hacía aparecer bellísima a los ojos de Mordaunt.

—Minna, como yo, es hija de Magnus Troil —añadió la joven—, el padre y protector de estas islas. Mi padre concederá a los extranjeros la hospitalidad que necesiten, pero que se guarde de imaginar el más orgulloso de ellos hacer una alianza con su familia.

Brenda Troil pareció reflexionar unos instantes y después añadió algo más suavemente:

—No, Mordaunt, no supongáis que Minna es capaz de olvidar lo que debe a su padre y a su alcurnia hasta el punto de pensar en casarse con Cleveland. Pero es posible que preste atención a sus palabras de modo que destruya toda esperanza de felicidad para ella.

—¿Por qué decís tal cosa?

—¿Os acordáis de Ulla Storbson, que subía todos los días a lo alto del promontorio de Vassdale para ver si descubría en el océano el barco de su amante, que jamás volvería a ver nuestras costas?

—Desde luego que me acuerdo.

—Pues, cuando pienso en la manera de andar de Ulla, tan pausada; cuando pienso en sus mejillas pálidas, en sus ojos, cuyo brillo ha ido oscureciéndose poco a poco como una lámpara que va a apagarse por falta de aceite; cuando recuerdo la esperanza con que por la mañana trepaba hasta lo más alto de la roca y el abatimiento que se pintaba en su rostro cuando bajaba; cuando pienso en todo esto, ¿puede sorprenderos que tema que Minna siga idéntico camino?

Mordaunt no pudo dejar de participar de la emoción de Brenda y se sintió preso de una pena enorme al pensar en el terrible panorama que su amiga acababa de pintar.

—No —exclamó el joven resueltamente—, no me sorprende que os agiten los temores que el más puro afecto puede inspiraros. Si podéis indicarme en qué puedo yo favorecer vuestro cariño por Minna, estoy dispuesto a arriesgar mi vida. Pero creedme si os digo que es una mentira inmensa que yo haya faltado al respeto o las consideraciones que debo tanto a vos como a vuestro padre.

—Os creo, Mordaunt. Mi corazón se halla aliviado de un gran peso desde que he vuelto mi confianza a un amigo tan antiguo como vos. Yo no sé en qué podréis ayudarnos, pero Norna me aconsejó que hablara con vos. Ya sabéis ahora todo cuanto puedo deciros de los peligros que amenazan a

Minna. Vigilad a Cleveland, pero guardaos bien de tener ninguna riña con él, pues, tratándose de un soldado tan experimentado, no podría menos de venceros.

—¿Por qué? Con el esfuerzo y el valor que me ha concedido el Cielo y teniendo, por otra parte, una buena causa que defender, no temo a Cleveland ni a ningún otro.

—Está bien, pero evitad una riña con él en bien de todos. Contentaos con vigilarle, saber quién es y cuáles son sus intenciones con respecto a nosotros. Dijo que pensaba ir a las Orcadas para informarse del paradero de un barco que navegaba con él, pero pasan los días y las semanas sin que haga nada.

Brenda extendió su mano y el joven se la estrechó, al tiempo que la muchacha se despedía en estos términos:

—Norna espera reconciliaros con mi padre y me encargó que os dijera que no os vayáis mañana de Burgh-Westra por más fríos que se muestren mi padre y mi hermana. Yo también debo manifestaros frialdad e indiferencia, pero en el fondo de mi corazón conservo vuestra amistad, no lo olvidéis. Ahora debemos separarnos. No conviene que nos vean juntos.

Trató el joven de detenerla un momento, pues había hallado en la conversación que acababa de tener con ella un encanto del que no había disfrutado en tantas otras semejantes como tuvo. Mas la joven se desprendió de la mano de Mordaunt, indicándole el camino que debía seguir y, tomando otro diferente, desapareció de su vista.

Hallóse Mordaunt en aquel momento en una situación para él desconocida. Se puede caminar largo tiempo con seguridad por un camino neutro entre la amistad y el amor, mas cuando se plantea el dilema de elegir entre una de estas dos pasiones, acontece frecuentemente que la amistad se transforma en un sentimiento más fuerte.

En aquel momento debió operarse tal revolución en Mordaunt, aunque éste no pudiese determinar la causa con exactitud.

Cuando estuvo de vuelta en la casa del señor Troil, Mordaunt se dispuso a escuchar con más agrado un elogio claro de la luna que hacía Claudio Halcro con un entusiasmo extraordinario.

Los invitados seguían bailando, aunque algunos empezaban a mostrar de un modo claro los efectos del rico ponche del anfitrión. Algunos, más trasnochadores que sus compañeros, insistían en que continuara la música, pues se hallaban dispuestos a bailar toda la noche. Pero no hay nada que dure eternamente, ya sea bueno o malo, por lo que al cabo de un rato fue el mismo señor Troil el encargado de dar el aviso de que la fiesta había terminado.

Retiránronse los huéspedes a las habitaciones que tenían preparadas y en un momento sucedió el más profundo silencio al estrépito del festín.

La casa quedó a oscuras y el día llegó a su fin.

# Capítulo VIII

La mañana que sigue a una fiesta como la que dio Magnus Troil, tiene raramente el mismo atractivo que sazonó los placeres de la víspera.

Los invitados se reunieron a la hora del almuerzo, pero en sus semblantes no se reflejaba la alegría del día anterior, sino el cansancio y el abatimiento que ocasionan el baile, el vino y las diversiones mundanas.

La gran mesa del comedor del señor Troil, fuerte y resistente como pocas en la isla, crujía bajo el peso de las fuentes depositadas en ella. Había alimentos para nutrir a un ejército, y los convidados dieron buena cuenta de ellos.

Estaba ya concluido el almuerzo y se habían levantado la mayor parte de los invitados, pensando en qué podrían ocupar su tiempo, cuando entró precipitadamente en la sala Enrique Scamberter con los ojos llameantes y un arpón en la mano, anunciando a la concurrencia que una enorme ballena acababa de encallar a la entrada del Voe.

¡Cómo podríamos describir el gozo, la agitación, el tumulto que produjo esta noticia!

Se pusieron inmediatamente a contribución los almacenes de Burgh-Westra para sacar de ellos cuantas armas fueran útiles. Unos se apoderaron de arpones, de espadas, de picas o de alabardas. Otros se contentaron con horquillas y otros instrumentos largos y punzantes que pudieron encontrar.

Una vez armados todos, se dividieron en dos partidas: una que, bajo las órdenes de Cleveland, se embarcó a bordo de los barcos que había en la pequeña ensenada, y otra que se dirigió por tierra al paraje indicado.

La situación en que la mala suerte había colocado al enemigo era sumamente favorable a la empresa de los isleños. Una marea de fuerza y altura extraordinarias llevó a la ballena, por encima de la barra que se encuentra a la entrada del Voe, hasta la parte interior en donde se hallaba entonces.

Al empezar a retirarse la marea conoció el animal el peligro en que estaba e hizo los más desesperados intentos de pasar la barra. Mas, lejos de mejorar su posición, sólo consiguió hacerla más precaria, pues se colocó justamente en el lugar donde las aguas eran menos profundas, quedando más expuesta a los ataques de los isleños.

Venían en primera fila los más jóvenes y los más osados, mientras que las mujeres y los viejos se subían a las cimas de las rocas que dominaban el mar, para ser testigos del arrojo de aquéllos y reanimar su valor.

Como las barcas tenían que doblar un pequeño promontorio a la entrada del Voe, los que habían venido por tierra tuvieron ocasión de hacer un reconocimiento de la situación y fuerzas del enemigo, a quien se proponían atacar por ambos lados simultáneamente.

La ballena, que tenía más de sesenta pies de longitud, se hallaba perfectamente inmóvil, esperando quizá la vuelta de la marea.

Reuniéronse en consejo los arponeros más experimentados y se decidió que se pasara un cable con un nudo corredizo alrededor de la cola del cetáceo, cuyos extremos se anclarían en la orilla para impedir así que escapase antes de rematarla.

Destináronse tres barcas a un servicio tan peligroso y difícil. Tomó el mando de la una el capitán Cleveland, y se confiaron las otras dos a Mordaunt y al señor Troil.

Las tres barcas destinadas al peligroso servicio se adelantaron pues hacia el enorme cetáceo. Los atrevidos marineros, que marchaban con evidente precaución, lograron tras una tentativa inútil pasar un cable alrededor del monstruo, siempre inmóvil, y condujeron los extremos del mismo a tierra, en donde cien manos se ocuparon en atarlo a las áncoras.

Mas, como antes de que concluyese este trabajo empezó a subir la marea, el señor Troil dijo que era preciso matar a la ballena, o al menos herirla gravemente.

Las barcas comenzaron a alejarse y, antes de que Magnus Troil diera la orden oportuna, un arpón disparado por una mano insensata fue a dar al cuerpo de la ballena.

El animal dio una embestida, alarmado por el arma que acababa de clavarse en su piel, se oyó un ruido semejante al de una máquina de vapor y el monstruo arrojó a los aires una enorme columna de agua, al tiempo que batía las olas con su poderosa cola.

El diluvio que lanzaba la ballena vino a parar sobre el barco que mandaba el señor Troil, mientras las otras barcas se retiraban a distancia conveniente para iniciar el ataque contra el animal.

En cuanto la ballena advirtió el peligro y sintió el lazo que la aprisionaba, los esfuerzos convulsivos que hizo para escapar, acompañados de sonidos parecidos a profundos suspiros, asustaron grandemente a los isleños.

Los que la atacaban procuraban en tanto redoblar sus esfuerzos, sobresaliendo en esta tarea Cleveland y Mordaunt, que parecían rivalizar en valor arrimándose al monstruo.

Ya parecía estar próxima la victoria para los agresores, pues la ballena acusaba el ataque continuado y feroz de los arponeros, cuando Magnus Troil dio una orden:

—¡Ánimo, compañeros! ¡A vuestros remos! ¡Ya es nuestra!

Las barcas comandadas por Mordaunt y el capitán Cleveland se dispusieron a cumplir la orden con toda celeridad, rivalizando ambas por alcanzar la primera al animal.

Cual una nación cuyos recursos se creen agotados por pérdidas y calamidades sin número, reunió el cetáceo todas sus fuerzas para hacer una última intentona y ésta le salió bien.

Lanzó al aire una inmensa cantidad de agua mezclada con sangre y de una fuerte sacudida rompió, como si fuera un hilo, el cable al que estaba atado. Uno de sus tremendos coletazos hundió el barco en que se encontraba Mordaunt y, libre ya de todos los estorbos anteriores, el animal se internó, ayudado por la marea, en la pleamar, llevando la espalda convertida en un bosque de dardos de toda especie y dejando a su paso una ancha estela teñida de sangre.

—¿Dónde está Mordaunt? —preguntó uno de los hombres al mirar a su alrededor y no encontrar al joven.

Pronto vieron todos que Mordaunt había recibido un golpe tan fuerte que le había hecho perder el sentido cuando se sumergió su barca, pues flotaba en la superficie de las aguas sin conocimiento y sin poder nadar hacia la orilla, como lo habían hecho sus compañeros.

El capitán Cleveland se lanzó al agua inmediatamente y nadó con vigor hacia el joven. Magnus Troil, olvidando antiguos recelos y enemistades, intentó también acudir en su ayuda, pero Claudio Halcro le detuvo con estas palabras:

—El capitán Cleveland le tiene ya cogido entre sus brazos. No es menester que vos arriesguéis vuestra vida.

Al comprobar lo prudente de esta advertencia, el señor Troil desistió de su empeño. Una barca se acercó a recoger al herido y a su salvador, rescatándoles de las frías aguas que amenazaban con tragarles de un momento a otro.

Cuando Magnus Troil comprobó que Mordaunt estaba a salvo, el antiguo resentimiento acumulado contra el joven pareció volver a su memoria, y se alejó del lugar antes de que la compasión le moviera de nuevo a intervenir en su auxilio.

Cleveland tendió en la orilla el cuerpo sin sentido del joven y varios hombres intentaron reanimarle. Minna se encontraba pálida como la muerte y Brenda se tapaba la cara con las manos, pero de sus labios salían sollozos ahogados.

En cuanto pasó el peligro se disipó el interés que había despertado la situación de Mordaunt, de modo que los isleños se alejaron del lugar, quedando junto al joven tan sólo Claudio Halcro y otros dos o tres individuos.

Cleveland se hallaba en pie y miraba a Mordaunt con una expresión tan particular que éste se mostró interesado y sorprendido. Apresuróse Halcro a comunicar a Mordaunt que debía la vida al capitán, y aquél, no escuchando más que los sentimientos de su reconocimiento, se levantó del suelo y se dirigió a Cleveland ofreciéndole la mano para darle las gracias.

Mas se detuvo con la mayor sorpresa al ver que el capitán daba algunos pasos hacia atrás con los brazos cruzados sobre el pecho, rehusando la mano que se le tendía.

Mordaunt no pudo por menos que retroceder un poco él también, al ver el aire poco amable y el mirar casi insultante del capitán, que hasta entonces le había manifestado cierta cordialidad y franqueza, y cuya mutación no podía concebir precisamente cuando acababa de hacerle tan señalado servicio.

—Basta —exclamó Cleveland—. Os he pagado una deuda y estamos en paz.

—Habéis hecho algo más que pagar una deuda —repuso Mordaunt—, pues habéis arriesgado la vida por salvarme, mientras que yo no corrí por vos el menor peligro.

Intentando dar a la tensa conversación un tono de chanza, Mordaunt añadió:

—Además, yo he salido ganando una escopeta.

—Sólo un cobarde —replicó Cleveland— puede dar en sus cálculos algún valor al peligro. Ya sabéis que yo siempre lo tuve por compañero inseparable e hizo vela conmigo en mil viajes mucho más importantes. En cuanto a la escopeta, tengo otras; podremos probar cuando queráis quién se sirve mejor de ellas.

El tono con que pronunció estas últimas palabras no pudo dejar de sorprender a Mordaunt, pues parecía encubrir intenciones hostiles. Al observar su sorpresa, Cleveland se acercó a él y le dijo al oído:

—Os voy a hacer conocer nuestras costumbres. Cuando nosotros los aventureros damos caza al mismo navío y uno trata de tomarle ventajas al otro, una distancia como de sesenta pasos y dos buenas escopetas son el mejor modo de componer el negocio.

—No os comprendo —dijo el joven.

—No esperaba que me entendieseis —afirmó el capitán.

Y, dando media vuelta con una sonrisa llena de desprecio, fue a reunirse con los que regresaban a Burgh-Westra.

De vuelta a la mansión del señor Troil, los convidados procuraron, por medio del aguardiente y la cerveza, olvidar la decepción que les suponía no haber capturado a la ballena.

El buhonero Bryce se presentó de improviso en la casa y, tras anunciar que era portador de grandes novedades, fue introducido en la sala del convite.

—Acabo de llegar de la capital de las Orcadas —dijo Bryce a modo de presentación cuando los invitados le dijeron que hablara de una vez.

—¿Y bien? —preguntó el señor Troil—. ¿Cuáles son esas novedades?

—Traigo noticias como no ha habido de treinta años a esta parte, desde el tiempo de Cromwell.

—¿Es que hay otra revolución? —preguntó Claudio Halcro.

—¿Ha llegado algún navío de la Compañía de Indias? —quiso saber Magnus Troil.

—No es un navío de la Compañía de Indias —exclamó Bryce—, pero es un hermoso barco armado en corso. Está lleno de mercancías de toda especie, que se venden a un precio tan razonable que un hombre de bien como yo puede proporcionar a todo el país la ocasión de hacer excelentes compras.

—¿Qué barco es ése? —insistió Troil.

—No puedo decíroslo con exactitud. Sólo he hablado con el capitán, que es un hombre muy reservado. Es de suponer que venga de Nueva España, porque viene cargado de sedas, vinos finísimos, azúcar, polvo de oro y plata acuñada.

Cleveland había comenzado a interesarse por las palabras del buhonero. Acercándose a él, le preguntó:

—¿Se trata de una fragata o de un bergantín?

—No lo sé muy bien.

—¿Cómo es?

—Es un barco muy fuerte y bien construido, una especie de goleta que dicen que corta el agua como un delfín. Tiene doce piezas en batería y está montada para veinte.

—¿Cómo se llama el capitán? —siguió preguntando Cleveland.

—Yo no le he oído llamar más que capitán, y tengo como norma no preguntar el nombre de los sujetos con quienes hago mis negocios comerciales.

—Sois un hombre prudente, Bryce —dijo Troil sonriendo.

—He hecho negocios con muchas personas —añadió el buhonero— y no he visto nunca la utilidad de poner el nombre del individuo al principio de cada frase. Todo lo que puedo deciros es que el capitán es buen amante de sus gentes, pues las lleva tan bien vestidas como él mismo. Los simples marineros tienen fajas de seda que para sí quisieran muchas señoras, y además llevan hebillas de plata y algún que otro botón de oro.

—Y supongo que bajarán muchas veces a tierra para hacer alarde de su magnificencia ante los jóvenes del lugar —prosiguió Cleveland.

—¡Todo lo contrario! El capitán no permite que baje nadie a tierra si no le acompaña el contramaestre, y éste es un hombre tan serio que no les deja ni respirar. La tripulación entera le teme.

—Es menester que sea el diablo si no es Hawkins —dijo Cleveland.

—Capitán —exclamó Magnus Troil—, puede que éste sea el barco que navegaba con vos.

—Muy buena fortuna ha debido tener en semejante caso, pues se halla en mejor estado que cuando yo lo dejé.

Cleveland se dirigió de nuevo a Bryce y dijo:

—¿Les habéis oído hablar de un barco que navegaba con ellos?

—Seguramente. Es decir, ellos han dicho algunas palabras sobre un barco que creían que había naufragado en estas costas.

—¿Y les habéis dicho lo que sabéis? —preguntó Troil.

El buhonero miró a Magnus Troil con extrañeza, como si no entendiera bien la pregunta o la entendiera demasiado como para juzgarla conveniente, y se dispuso a responderle sin dilación.

# Capítulo IX

—¿Yo? —respondió Bryce—. No soy tan necio. Si se hubiesen enterado de lo que se había hecho del barco, hubieran querido saber lo que se había hecho de su carga. Y vos no hubierais querido que atrajese a estas costas a un barco armado para que atormentase a unas pobres gentes con objeto de saber qué ha sido de cuatro harapos que el mar arrojó sobre la arena.

—Sin contar lo que hubiese podido encontrarse en nuestras arcas, grandísimo tunante —exclamó Troil y sus palabras motivaron las risas generales.

Magnus Troil dejó de reír y, recuperando al punto la seriedad necesaria en estos casos, dijo:

—Podéis reíros, amigos, pero esta costumbre es la vergüenza de nuestro país y atrae las maldiciones del Cielo. Mientras no aprendamos a respetar los derechos de los infelices que naufragan en nuestras costas, mereceremos el ser vejados y oprimidos como lo hemos sido, y como lo somos aún, por la fuerza de los extranjeros que nos tienen bajo su yugo.

Estas palabras hicieron bajar la cabeza a la concurrencia. Cleveland, tomando la voz, dijo con cierta alegría:

—Si esas gentes son mis compañeros, puedo asegurarles que jamás incomodarán a ningún habitante de este país por algunas cajas sin importancia.

Después, mirando a Bryce, añadió:

—Abrid vuestras valijas y mostrad a las señoras vuestra mercancía, pues tal vez encuentren algo que sea de su agrado.

Brenda murmuró al oído de su hermana:

—No debe ser su barco, pues hubiera manifestado más gozo al conocer su llegada.

—Sí debe serlo —afirmó Minna—. He visto brillar sus ojos de alegría al pensar en reunirse con sus compañeros.

—Tal vez os engañéis —dijo Brenda.

—No lo creo.

Mientras tenía lugar este diálogo reservado entre las dos hermanas, Bryce se ocupaba en deshacer los nudos de las cuerdas que sujetaban los fardos que contenían la mercancía. Al tiempo, los hombres le hacían diversas preguntas para satisfacer su curiosidad.

—¿Los oficiales bajaban a tierra?

—Más que los marineros, desde luego —contestaba el buhonero.

—¿Cómo les recibían los habitantes?

—Perfectamente bien, aunque algunos ricos se han indispuesto con el capitán, pues al parecer no desea pagar no sé qué derechos sobre no sé qué aduanas. Mas no creo que la sangre llegue al río y espero que el barco se quede por allí hasta las grandes ferias del verano.

Bryce terminó por fin de deshacer sus fardos y, con aire de satisfacción y risa maligna, expuso a la vista de los invitados un surtido de géneros muy superior al que ordinariamente formaba su valija.

Quedaron todos en silencio a causa de su admiración y algunas mujeres comenzaron a elegir algunas telas de vistosos colores y ricamente ornamentadas. Los caballeros pagaron al mercader los precios convenidos, destacando el capitán Cleveland como uno de los mejores compradores. Las mercancías que adquirió fueron entregadas después a las dos hermanas Troil, lo que motivó que su padre le dijera al capitán:

—¿Son esos regalos recuerdos de vuestra estancia entre nosotros? Vuestra esplendidez es señal segura de que estamos a punto de perderos.

Esta frase pareció turbar al marino, quien dijo después de vacilar un instante:

—No estoy seguro de que sea el barco que hacía vela conmigo. Tengo que ir a Kirckwall y asegurarme. Mas, en todo caso, confío en poder volver para despedirme de todos.

—En tal caso —dijo Troil—, puedo conduciros allí. He de ir a la feria de Kirckwall y me gustaría llevar conmigo a mis dos hijas. Iremos, pues, a las Orcadas en mi bergantín.

Este ofrecimiento fue muy del agrado de Cleveland, quien así se lo hizo saber a su amable anfitrión.

Mordaunt, que hasta entonces había asistido silencioso a la escena, decidió comprar una pequeña cadena de oro, con la intención de regalársela a Brenda a la primera oportunidad. También compró una caja de plata de forma antigua que le llamó poderosamente la atención. Claudio Halcro pareció interesarse por la caja y le ofreció su importe al buhonero, mas Bryce repuso:

—La caja está vendida y pagada.

—¿Y como os atrevéis a vender por segunda vez lo que habéis vendido ya? —exclamó Cleveland.

El buhonero, atemorizado por la ira de su mejor cliente, dijo:

—No pretendía ofenderos.

El capitán tomó la caja y la cadena que Mordaunt había comprado y le dijo al buhonero:

—¿No pretendéis ofenderme y vendéis lo que me pertenece? Estos objetos son míos. Devolved su dinero a este caballero y dazme lo que es de mi pertenencia.

Bryce se apresuró a devolver el dinero indicado a Mordaunt, pero éste se negó a aceptarlo y exclamó:

—No he de permitir que nadie se apodere de lo mío.

—¡Lo vuestro! —dijo Cleveland con desprecio—. Estos objetos son míos. Los tenía comprometidos a Bryce antes de que vos los descubrieseis.

—No os entendí bien —se excusó el buhonero.

—Vamos, vamos —intervino Troil—, no quiero oír disputas por semejantes bagatelas. Bryce guardará estos objetos hasta mañana por la mañana y entonces decidiré a quién pertenecen.

Las palabras de Troil cortaron la discusión y los invitados se retiraron a descansar.

Dormían las dos hijas de Magnus en una misma cama, en el aposento que habían ocupado sus padres hasta la muerte de su madre. Esta habitación fue testigo de todas sus confidencias, mas desde la llegada de Cleveland a Burgh-Westra cada una de ellas había concebido pensamientos de esos que no se comunican con facilidad a los demás.

Minna observaba que el capitán no ocupaba un lugar distinguido en la imaginación de Brenda y en su estima, y Brenda, a su vez, pensaba que Minna se había apresurado a albergar precipitadamente las prevenciones que había sugerido su padre contra Mordaunt.

Ambas sabían que se había roto la íntima confianza que reinaba entre ellas, y esta penosa convicción agravaba las pretensiones interiores que alimentaban.

Minna y Brenda se quedaron por fin dormidas, pero su sueño fue interumpido por un ligero ruido que las hizo despertar sobresaltadas.

Los sonidos procedían de la garganta de Norna. Aunque conocían perfectamente su voz, no fue menor su sorpresa y su temor cuando vieron a ésta sentada cerca de la chimenea.

Aunque las hijas de Magnus conocían bien a Norna, sintieron cada una, según su temperamento, bastante alteración al verla aparecer tan inopinadamente en su habitación.

Minna fue la primera en dirigirle la palabra.

—Si tenéis algo que comunicarnos —dijo—, hablad cuanto antes.

—He de contaros una historia importante —afirmó Norna.

—¿Cuál es? —preguntó Brenda con temor.

La vieja miró a las dos hermanas fijamente y, después de una pausa, comenzó a hablar:

—Ya sabéis, hijas mías, que vuestra sangre está unida a la mía, pero ignoráis en qué grado y manera, pues entre vuestro abuelo y el hombre que tuvo la desgracia de llamarme hija existieron hostilidades desde la infancia.

En el rostro de Minna se advertía una cierta curiosidad, pero en el de Brenda aparecía el temor.

—Así pues —añadió Norna—, vuestro abuelo Olavo era hermano de mi padre, Erlando. Mas, al dividir la vastísima herencia del padre de ambos, comenzaron las discordias entre los dos hermanos, pues mi padre se sentía perjudicado por el reparto.

Las dos muchachas no entendían muy bien adónde quería ir a parar la anciana, pero siguieron escuchándola en silencio.

—Erlando se retiró a una zona apartada de las islas y se dedicó a adquirir vastos conocimientos que fueron su perdición y la mía. Yo pasaba largas horas paseando sola por los alrededores de la isla y me gustaba mucho frecuentar un lugar abandonado que recibía el nombre de la Roca del Enano. Se trataba de una roca enorme que cerraba la entrada a un pasadizo. Los habitantes tímidos procuran no acercarse a aquel lugar, pues al salir el sol se puede ver al enano sentado sobre su roca.

Norna hizo una pausa y añadió:

—Yo entonces no temía esa aparición, porque mi corazón era puro como ahora lo es el vuestro, aunque me abrasaba el deseo de saberlo todo, de conocerlo todo, de aprenderlo todo. Tanto es así que comencé a invocar al enano de la roca para que me hiciera partícipe de sus conocimientos. Conocimientos que, como supondréis, son inaccesibles a los simples mortales.

Minna sintió que la sangre se helaba en sus venas y, no pudiendo contener por más tiempo su curiosidad, exclamó:

—¿Y escuchó vuestra invocación el espíritu maligno?

—¡Silencio! —dijo Norna—. No le demos nombres que le ofendan, pues está entre nosotros y nos escucha.

Las dos hermanas temblaron de miedo, unidas repentinamente por un sentimiento común.

—Cierto día de verano —prosiguió Norna— en que yo me hallaba a la hora del mediodía sentada en las inmediaciones de la Roca del Enano con los ojos fijos en la cúspide de la montaña, me lamentaba y gemía al considerar los modestos límites de los conocimientos humanos y, finalmente, no pude por menos que exclamar:

*Dueño y señor de este monte bravío*
*que en otro tiempo diste*
*a una mujer bastante poderío*
*para dictar las leyes y que hiciste*
*respetarlas a todo el pueblo mío.*

*Tú, que armaste su brazo*
*y le diste poder sobre las olas,*
*que dominó con un mágico trazo.*
*Tú, que el poder del torbellino inmolas,*
*señor, rey soberano,*
*Main-Troil, ¿por qué enmudeces?*
*Tú, señor del arcano,*
*¿qué has hecho con tu poder?*
*¿Desapareces?*
*Es ya tu nombre un vano*
*título, que repite el eco frío.*
*¿Dónde fue tu poderío?*

—Apenas terminé de proferir estas palabras —dijo Norna—, el cielo se oscureció repentinamente como si fuese medianoche en lugar del mediodía. Un gran relámpago cruzó el firmamento y un trueno despertó todos los ecos de la tierra a mi alrededor. Una lluvia abundante pareció querer inundarme y me vi obligada a buscar refugio en el interior de la roca misteriosa.

Brenda agarró a su hermana fuertemente. Norna siguió diciendo:

—El enano estaba sentado frente a mí en el interior de la gruta. Me miró fijamente y me habló en un antiguo dialecto de nuestros antepasados que yo conocía a través de mi padre. Dijo así:

*Pasaron mil inviernos con sus fríos*
*sin que llegara a los dominios míos*
*sacerdotisa de tan nobles bríos.*
*Virgen heroica que hasta mí has venido,*
*tu deseo se verá cumplido,*

*no tendrá límites tu poderío.*
*Dominarás el viento y la tormenta,*
*el vasto imperio que mi trono asienta*
*compartirás conmigo sin que cuenta*
*me hayas de dar. Las rocas y los mares,*
*cuando alcances las luces estelares,*
*atenderán tus manos tutelares.*
*Mas si con tal poder quisieras verte,*
*tu misma mano, poderosa y fuerte,*
*a aquél que te engendró dará la muerte.*

—Respondí a sus palabras con otras cargadas de la arrogante valentía de la juventud, una valentía que tiene más de inconsciente que de sabia. Le dije que no temía a la muerte ni le temía a él. Entonces el demonio, como irritado, me miró fijamente y desapareció sin que yo supiera cómo ni adónde.

Norna cesó de hablar unos instantes. El recuerdo de estos sucesos le apenaba sobremanera. Procurando sobreponerse, dijo:

—Salí rápidamente al aire libre y fui en busca de mi padre. Pronto se borró de mi memoria este suceso y creí durante un tiempo que se trataba en realidad de un sueño. Fui a Kirckwall y conocí allí a vuestro padre, que se encontraba ultimando unos negocios. Vuestro padre y yo nos caímos bien, pero nuestra relación se vio interrumpida bruscamente por la llegada de un extranjero.

Las dos hermanas seguían ahora el relato con sumo interés.

—Mis facciones se encuentran ya curtidas por el azote de la intemperie y las fatigas de la edad, pero en aquel tiempo era joven y hermosa.

Minna y Brenda trataron de imaginar a Norna en su juventud, pero no lo consiguieron.

# CAPÍTULO X

El relato de los amores de Norna con el extranjero interesó profundamente a las dos hermanas. Nunca habían imaginado que la vieja hechicera, solitaria y arrogante en su soledad, pudiera haber sentido amor por un hombre. Norna, ajena a estos pensamientos, siguió con su historia:

—Aquel hombre y yo nos amábamos en secreto y nos vimos hasta que le di la última prueba de mi amor fatal y culpable. No he de entrar en más detalles. Sólo os diré que se descubrió mi amor, mas no mi delito. Mi padre me buscó enfurecido y me encerró en su solitaria mansión de la isla de Hoí. Me prohibió volver a ver a mi amante y me dijo que mirase a Magnus como al hombre que podría convertirse en mi futuro esposo. Con tal de olvidar mi deshonra, mi padre era capaz de dejar a un lado las antiguas desavenencias existentes entre Magnus y él.

Minna y Brenda trataron, así mismo, de imaginar a su padre en aquellos años.

—Pero yo ya no amaba a Magnus —añadió Norna—. Mi único deseo era huir de la casa de mi padre para ocultar mi deshonor entre los brazos de mi amante. He de hacerle justicia: fue constante, fiel, demasiado fiel. Su infidelidad me hubiera enloquecido, pero cien veces más caras me han salido las consecuencias de su fidelidad.

Norna se detuvo al llegar a este punto de su relato. El delirio pareció apoderarse de ella y dijo:

—Esta fidelidad ha sido la causa de la terrible prerrogativa de ser la desventurada soberana de los mares y de los vientos.

—¿Qué fue del extranjero? —preguntó Minna.

—Mi amante llegó en secreto a Hoí para concertar conmigo la fuga, y yo consentí en darle una cita para fijar la hora en que su navío había de entrar en el puerto. A medianoche abandoné la casa de mi padre.

Un estremecimiento de terror sacudió el cuerpo casi siempre inmóvil de la anciana. El recuerdo penoso de aquellos días perturbaba su corazón. Procuró sobreponerse y añadió:

—Cuando salía de la casa, pasé por delante de la puerta del cuarto de mi padre. Vi la puerta abierta y me pareció que él me observaba. Temerosa de que mis pisadas le despertasen, cerré la fatal puerta. Una acción insignificante que tuvo funestas consecuencias.

Los sollozos ahogaron la voz de Norna. Minna se preguntaba a sí misma qué relación tendría el cerrar una puerta con las funestas consecuencias a las que aludía Norna, pero respetó su llanto y nada preguntó.

La anciana se calmó un poco y dijo:

—A la mañana siguiente hallóse la habitación llena de un gas asfixiante y a mi padre muerto. ¡Muerto por mi desobediencia! ¡Muerto a consecuencia de mi deshonra! Todo lo que sigue no es más que oscuridad y tinieblas. Una espesa nube veló cuanto hice y dije después, hasta que llegué a asegurarme de que mi suerte estaba echada y me convertí en el ser tranquilo y temible que se halla ante vuestros ojos. Ahora ya sabéis todo de mí.

Norna quedó en silencio. Miró al vacío con expresión ausente, tomó un candil que había permanecido en el suelo desde el momento de entrar en la habitación, se levantó tranquila y majestuosamente y salió de la estancia con la misma rapidez y mesura que había utilizado para entrar en ella. Las dos hermanas la contemplaron sin decir palabra.

Minna se hallaba por completo embargada por las palabras de la mujer y quedóse largo tiempo meditando sobre ellas. La sorpresa y el terror le impedían decir nada a su hermana Brenda.

Cuando al fin volvió a la realidad, miró a su hermana en busca de consuelo, descubriendo con temor que se había desmayado.

Asustada al verla así, abrió la ventana para dejar entrar en la habitación el aire libre y la pálida claridad de la noche hiperboreal.

Viendo que su hermana no recuperaba el sentido, Minna llamó asustada a la vieja criada Eufanía, quien consiguió con sus cuidados y remedios devolverle el conocimiento, mas no la tranquilidad de espíritu, perdida a causa del relato de Norna.

Eufanía procedió luego a acostar a las dos hermanas. Brenda quedó dormida inmediatamente, gracias a un tónico de la criada, pero Minna no pudo volver a conciliar el sueño.

A la mañana siguiente, la alegre Minna de los días anteriores aparecía sumida en el abatimiento y la melancolía, mientras que la triste Brenda se mostraba sonriente y feliz.

Tardaron un rato las dos hermanas en decidirse a hablar, pues ninguna mostraba entusiasmo por comentar los sucesos de la víspera. Al fin, Minna exclamó:

—Espero, Brenda, que hayáis tenido en cuenta el consejo de Norna.

—No os comprendo —repuso la aludida.

—Pues está muy claro. ¿Acaso es extraño que miréis con buenos ojos a ese extranjero, Mordaunt Mertoun? Lo raro del caso es que os mostréis atenta con él después que sabéis cómo nos ha tratado y que sólo por costumbre viene a una casa donde no ha sido invitado ni recibido con placer. Ese Mertoun me da mala espina, pues nadie conoce sus propósitos y parece tan raro como su padre.

La pobre Brenda la miró llena de sorpresa y dijo:

—Nada tengo yo que ver con Mordaunt Mertoun. No estoy enamorada de él.

Después pareció reflexionar y, armada de un nuevo desconocido valor interior, añadió:

—Mas, si he de deciros la verdad, Minna, pienso que vos y todos vosotros habéis juzgado muy a la ligera a ese joven amigo que durante tanto tiempo ha sido nuestro compañero más íntimo. Jamás hizo diferencia entre nosotras y nos trató en todo momento como a hermanas. Sin embargo, vos habéis renunciado a su amistad porque un marino vagabundo, que no conocemos, y porque un buhonero bribón y embustero, que conocemos demasiado bien, hayan hablado mal de él. Yo no creo que jamás haya dicho que podía escoger a su antojo entre nosotras y que sólo esperaba para decidirse averiguar a quién iba a corresponder en dote Burgh-Westra y el Voe de Bredness. No creo que haya sido capaz de decirlo ni de escoger entre nosotras.

—Tal vez —repuso Minna fríamente— tenéis motivos para pensar que su elección está hecha ya.

Brenda miró cara a cara a su hermana y dijo:

—No he de sufrir tal afrenta. Vos sabéis muy bien como es Mordaunt, y sabéis que es incapaz de caer en una vileza semejante.

—Mucho le defendéis —se burló Minna—. Mas no temáis, pues no he de ser yo quien os dispute su amistad o su amor. Pero reflexionad sobre vuestras palabras. Todo lo que se dice ni es un chisme de Cleveland, que es incapaz de hablar mal de nadie, ni es un embuste del buhonero Bryce. Es una voz común en todas las islas, que casi ninguno de nuestros amigos o conocidos deja de tomar en cuenta, la que afirma que nosotras, las hijas de Magnus Troil, estamos esperando a que ese extranjero sin apellido ni estirpe nos elija a una de nosotras. ¿Crees que es conveniente que andemos en lenguas de la gente nosotras, las descendientes de un conde de Noruega, las hijas del primer gobernador de las islas Shetland?

—A palabras necias, oídos sordos. No he de renunciar yo a la buena opinión que he formado de un amigo por dar crédito a las habladurías de la isla, que siempre interpretan torcidamente las acciones más inocentes.

—Pues entonces prestad atención a lo que dicen nuestras amigas, lady Glowrowrum y Maddie y Clara Groatseatars.

—¿Y he de hacer caso de sus comentarios? Las sobrinas de lady Glowrowrum se tenían por muy honradas, pero el otro día, en la comida, sólo tenían oídos para las palabras de Mordaunt.

—No ocupasteis vos mejor vuestros ojos —repuso Minna con descaro—, pues los tuvisteis fijos en un hombre que, en opinión de todos, con vuestra única excepción, ha hablado de nosotras del modo más insolente.

—Yo miraré a quien me parezca bien. Creo que Mordaunt es inocente y le miraré como tal. Si no le he dicho nada ha sido por obedecer los mandatos de nuestro padre, y no por no dar pábulo a las habladurías.

—¡Ah, Brenda! Nadie pone ese calor en defensa de un simple amigo. Tened prudencia: un extranjero fue el que destruyó para siempre la paz de Norna, un extranjero al que amó contra la voluntad de su familia.

—Tomad el consejo para vos misma, hermana mía, pues Mordaunt lleva mucho tiempo entre nosotras, pero otro extranjero ha llegado a la isla de quien nada sabemos.

—No tengo ningún especial interés por Cleveland —repuso Minna con altanería—, aunque, a decir verdad, no entiendo por qué he de mentiros, pues mis sentimientos son leales y honestos. Ya que lo queréis saber, os diré que sí: amo a Clemente Cleveland.

—¡Por Dios, no digáis eso, mi querida hermana! —exclamó Brenda con el mayor cariño, echando los brazos al cuello de su hermana y apretándola contra su pecho—. Os lo suplico: yo renunciaré a Mordaunt, no volveré a hablar con él en mi vida, pero no digáis que amáis a Clemente Cleveland.

—¿Y por qué no repetirlo? ¿Por qué no he de confesar algo que para mí es un honor? Amo al capitán. Despierta en mí todo el espíritu aventurero que latía en el corazón de nuestros antepasados.

—Precisamente eso es lo que me hace temer por vos. El genio aventurero os lleva hoy al lindero de un abismo espantoso.

—¿Por qué decís tal cosa? Cleveland es un hombre valiente, dotado para el mando, inquieto y enérgico.

—Pero también es severo y tiránico. Dotado para el mando decís, y decís bien, pero se atreve a mandar incluso sobre aquellos a quienes debería respetar. Y ama el peligro por el peligro en sí. Es un espíritu tan inquieto y turbulento que siempre vivió entre la muerte. Ni aun cuando se halla a vuestro lado renuncia al deseo de volver a vivir sus aventuras, y yo creo que un amante debe amar al ser de sus amores más que a su propia vida. Pero el vuestro, mi querida Minna, os abandonará por el placer de dar muerte a sus semejantes.

—Precisamente es eso lo que me hace amarle. Desciendo de las antiguas heroínas de Noruega, que enviaban a sus amantes al combate con la sonrisa en los labios y eran capaces de inmolarles con sus propias manos si se habían deshonrado en la pelea. Yo quiero un amante que desprecie esos insulsos ejercicios a que se entrega nuestra raza degenerada para lucirse o divertirse recordando más nobles peligros. Yo no quiero por pretendiente ni a un cazador de ballenas ni a un buscador de nidos. Mi amante ha de ser el rey de los mares.

—¡Ay, hermana mía! —exclamó Brenda, admirada y compasiva—. Ahora empiezo a creer en la fuerza de los encantamientos. ¿Acaso es más cuerdo tomar a un capitán de un barco corsario por un Kiempo o un Vi-King que creer gigantes los molinos de viento?

La verdad de esta observación hizo enrojecer a Minna, quien, llena de cólera, replicó:

—Tenéis el derecho de insultarme, pues os he entregado mi secreto.

Pero el sensible corazón de Brenda no pudo resistir esta acusación y suplicó a su hermana que la perdonase, cosa a la que accedió pronto la bondad de Minna.

—Qué desgraciadas somos —dijo Minna enjugándose los ojos— pensando de tan distinta manera. En cuanto lo permitan las circunstancias, hablaré a mi padre de mis sentimientos hacia Cleveland, pero os ruego que nada le digáis por el momento.

—Eso haré.

Las dos hermanas se abrazaron emocionadas y decidieron bajar a desayunar. Cada una llevaba en su corazón el secreto de la otra.

Los invitados se encontraban ya en la gran sala. Cuando terminaron de ingerir los alimentos, se dispusieron a llevar a efecto un pequeño entretenimiento que prometía hacer las delicias de todos los presentes.

Se había colocado Eufanía, la vieja criada de los Troil, en el hueco de una gran ventana cubierta cuidadosamente por pieles de oso y otras tapicerías. Aquello quería representar la choza de un viejo lapón, permitiendo a las personas que se hallaban allí sentadas oír las preguntas que se le hicieran por una rendija. Eufanía no podía ver a quienes se las dirigían.

En esa cueva improvisada debía la improvisada sibila escuchar preguntas, hechas en verso, y dar la respuesta también en verso.

Se buscaba a la sibila de ordinario entre las mujeres capaces de entender la lengua norsa, pero casi todas las ancianas de la localidad entendían ese viejo dialecto.

Las preguntas en verso podían hacerse mediante el concurso de un intérprete, tarea para la cual se designó a Claudio Halcro.

Pero se produjo en ese momento un importante cambio en las disposiciones tomadas. Norna de Fitful-Head, a quien todo el mundo, con excepción de las dos hermanas, suponía lejos de Burgh-Westra, entró de pronto en la sala. Sin saludar a nadie, se dirigió con porte majestuoso hacia la gruta simulada y ordenó a la sibila allí sentada que inmediatamente abandonara su escondrijo.

Obedeció la vieja con terror. Norna ocupó su puesto, desapareciendo entre las pieles de oso, pero nadie se atrevió a iniciar la ronda de las preguntas.

Magnus Troil se levantó airosamente y exclamó:

—¿Por qué no empieza el espectáculo? ¿Os asusta que mi parienta sea nuestra sibila? Debemos proseguir con nuestro esparcimiento, pues nadie en las islas cumplirá esta labor mejor que Norna.

Mas nadie dijo nada.

—No quiero que se diga que los habitantes de la isla no tienen valor para dirigir preguntas a la sibila —insistió Magnus—, de modo que seré yo quien dé comienzo al entretenimiento.

Y, dicho esto, se dispuso a poner en práctica sus consejos.

# Capítulo XI

Magnus Troil hizo a Norna una pregunta sobre el estado de sus negocios, y la vieja respondió, siempre en verso, que serían prósperos. Satisfecho por esta contestación, el gobernador de las islas pensó que su papel ya había sido cumplido, por lo que decidió que intervinieran otros en la diversión.

Troil miró al capitán Cleveland y le dijo:

—Supongo que vos no temeréis consultar a la sibila. Preguntadle alguna cosa. Preguntadle si el navío de doce cañones que ha llegado a Kirckwall es el que navegaba en vuestra compañía.

Cleveland dirigió la vista a Minna y, pareciéndole adivinar que ésta deseaba saber lo que respondería a su padre, dijo:

—Ni hombre ni mujer me han dado miedo jamás. Rogaría al señor Halcro que transformara en versos la pregunta que ha formulado usted, pues no me precio de ser instruido en poesía.

*El oro es metal puro y generoso.*
*La sangre es purpurada y triste al verse.*
*He mirado a la rada esta mañana*
*y he visto a un buitre en emboscada leve.*
*Sobre su presa se arrojó y matóla,*
*y pico y garra ensangrentados tiene.*
*En guardia, pues, aquel que me consulta,*

*ya que a él mismo la respuesta debe.*
*Abre la mano y mira: aún los vestigios*
*de la sangre vertida la enrojecen.*
*Anda, pues, a reunirte sin tardanza*
*con un camarada que desea verte.*

Cleveland sonrió con aire de desprecio y exclamó:

—Pocos marinos se han encontrado con tantos y tan sangrientos combates como yo. Sin embargo, jamás ha caído una sola gota de sangre sobre mi mano que un paño mojado no haya hecho desaparecer al instante.

—No es posible vivir con los españoles del lado de allá de los mares —intervino Troil—. Yo profeso odio a muerte a los españoles desde que en mil quinientos cincuenta y ocho quisieron apoderarse de todas las provisiones que había en la isla Hermosa.

—Cierto es —repuso Cleveland—. Por eso nosotros les hacemos la guerra con el pabellón clavado en el mástil.

—No hay más remedio que hacerlo así —añadió Troil—. Todo marino inglés que se precie de tal jamás iza su pabellón.

Magnus Troil dio por terminada esta discusión y se dirigió a su hija Brenda con estas palabras:

—Querida mía, haced vos una pregunta. De todos es sabido vuestro singular modo de manejar el verso.

Brenda retrocedió unos pasos, temerosa, y exclamó:

—No se me ocurre ninguna adecuada a estas circunstancias.

—¡Tonterías! —dijo Magnus, empujándola con suavidad hacia delante—. Una modestia exagerada no debe turbar nunca una honesta diversión.

Pero Brenda se mostró intransigente en su postura. Al advertirlo, su padre pidió a Claudio Halcro que interpretase los pensamientos de la joven y dirigiese a la sibila una pregunta en su lugar.

Halcro obedeció al instante y exclamó:

*Decláranos el sino de esta bella:*
*¿qué misterios se ocultan pudorosos*
*tras el casto mirar de la doncella?*
*Brenda la hermosa, de promesas llena,*
*vaso de pulcritud, erguido tallo,*
*¿será del dios Amor feliz vasallo?*
*¿Sufrirá del dolor la dura pena?*

La respuesta de Norna no se hizo esperar:

*Por su dicha propicio vela el Hado.*
*De la planta frondosa*
*ha de nacer la flor más primorosa,*
*con el aroma más puro y delicado.*

—¡Agradable profecía! ¡No se puede contestar con más juicio! —dijo Magnus Troil abrazando a su hija con cariño—. En vista de tan agradable pronóstico, ¿no se anima ninguna mujer a consultar a la sibila?

Mas ninguna hizo ademán de querer participar en el juego. El señor Troil, dispuesto a no darse por vencido fácilmente, miró a Minna y exclamó:

—Formulad vos una pregunta. Me debéis obediencia y no podéis negaros a mi ruego.

Minna tampoco quiso hablar y Halcro tradujo los ruegos de la joven. A la pregunta de cuál era el futuro amoroso que la esperaba, Norna respondió:

*Su corazón está puro y libre de amor.*
*Cuando ame sembrará la muerte y el dolor.*

Magnus Troil se sintió extraordinariamente disgustado por esta respuesta y dijo:

—¡Por las reliquias de mi santo patrón, que esto ya es demasiado! Si no fuerais vos, Norna de Fitful-Head, quien hubiera pronunciado estas palabras, juro que pagaríais cara vuestra audacia. Sal de ahí bruja, y no nos estropees la fiesta.

Pero Norna no obedeció. Magnus abrió la puerta de la improvisada gruta y comprobó sorprendido que dentro no había nadie. Para no alarmar a sus invitados, dibujó una sonrisa improvisada y añadió:

—Ya sabemos cómo es Norna. Será mejor que pasemos al comedor y charlemos animadamente mientras llega la hora de la comida.

Los invitados le siguieron, felices de perder de vista a la temible mujer.

Después del almuerzo, Minna y el capitán Cleveland salieron a pasear por los alrededores. En un momento dado, cuando se habían alejado lo bastante de las miradas curiosas de sus vecinos, Minna exclamó:

—Cleveland, habéis formado contra Mordaunt Mertoun un juicio que delata la prevención y la injusticia. Nada ha hecho, por lo menos respecto a vos, que justifique esta prevención vuestra tan poco favorable para él.

—Creía yo que el servicio que le presté salvándole la vida bastaba para ponerme al abrigo de estas acusaciones.

—Cualquiera con buenas intenciones habría hecho lo mismo que vos. No hay razón para vanagloriarse de esa hazaña, mi buen amigo, o me haréis creer que os ha costado un gran esfuerzo realizarla. Sé que no queréis a Mordaunt Mertoun, capitán.

—¿Cómo he de querer al hombre que puede robarme el cariño de quien más quiero en el mundo: vos?

—¿Cómo podéis estar tan seguro de que ese joven puede robar mi corazón? De todos modos, la mejor prueba de vuestro amor sería reconciliaros con Mordaunt, quien nada malo os ha hecho.

—Es imposible que seamos amigos. Ni todo el amor que os profeso sería capaz de realizar ese milagro.

—¿Por qué razón?

—Puedo engañar a otros, pero no quiero engañaros a vos. Os diré la verdad, Minna. Yo no puedo ser amigo de Mordaunt. Entre los dos existe una antipatía natural, una repugnancia ingénita que hace que seamos odiosos el uno para el otro. No trataré de hacerle mal, pero no me pidáis que le quiera.

Minna no insistió. Cambió de tema y preguntó al capitán:

—¿Por qué estabais tan pensativo al conocer la llegada de vuestro segundo navío? Porque no dudo que el buque que acaba de entrar en el puerto de Kirckwall sea éste.

—He captado la benevolencia de vuestro padre y esperaba captarla más con el tiempo, pero la llegada de ese buque puede acarrear la pérdida de mis más queridas esperanzas. Esperanzas que van a destruir con su llegada Allecred y Hawkins.

Cleveland hizo una pausa y añadió:

—Cuando nos separamos, mandaba yo un navío más fuerte y mejor armado que el suyo, con una tripulación que me era fiel. Esos hombres son unos libertinos que me envidian y pueden desear mi perdición.

—¿Y qué tendría que ver eso con el cariño que mi padre siente por vos?

—Querida niña, no os he ocultado que tengo motivos para temer las leyes inglesas. Y, aunque enemigo jurado de gabelas y de impuestos, tiene Magnus Troil respecto a otros asuntos ideas un poco severas. No dudo que para hacer un favor a un pobre filibustero se prestaría de buena gana a atar una cuerda al mástil de un navío.

—No lo creáis. Sufre infinitamente ante la opresión de cualquier desgraciado y encuentra insoportables las leyes tiránicas de nuestros orgullosos vecinos escoceses. Muy pronto podrá estar en condiciones de oponerles una resistencia franca y vigorosa, pues nuestros enemigos se hallan en estos momentos divididos: los montañeses se arman contra los habitantes de las tierras bajas, los partidarios de Guillermo lo hacen contra los de Jacobo, los conservadores se enfrentan con los liberales y, para terminar, toda Inglaterra lucha contra Escocia. ¿Qué nos impide aprovechar sus discordias para recobrar la independencia de la que nos han despojado?

—Nada, en efecto. Proclamaremos a vuestro padre conde Magnus.

—No os burléis —protestó Minna.

—No me burlo. Me gustan estas islas y yo también estoy pensando en la posibilidad de vivir y morir en ellas. No iré a Kirckwall ni daré a conocer mi presencia en esta zona a mis antiguos camaradas, porque sería difícil después desprenderme de ellos. Vuestro padre es mi amigo y tal vez quiera acogerme más adelante entre los suyos.

—Eso sería un sueño —exclamó Minna—. Mi padre no consentirá jamás que una persona que no descienda de la raza del Norte se mezcle con su familia.

—¿Y quién ha dicho que yo no lo sea?

—¿Tenéis alguna razón para creer que descendéis de una familia norsa?

—Mi familia me es por completo desconocida. Pasé la infancia en solitario, viviendo en la pequeña isla de Tortuga.

Fui educado por mi padre, un hombre reservado en extremo. Los españoles nos robaron y mi padre, reducido a la miseria, decidió tomar las armas y buscar venganza. Así se convirtió en un bucanero. No conozco más detalles sobre mi familia.

—Debéis entonces regresar con los vuestros. Si volvéis aquí un día como jefe de una inmensa flota, quién sabe lo que podría suceder.

—¿Y quién me asegura que me esperaréis?

—Yo os lo aseguro.

—En tal caso, estoy dispuesto a volver a padecer las terribles adversidades que han marcado mi vida.

—¿Cómo ha sido vuestra vida? Desearía saber más cosas de vos.

—He viajado constantemente. Al principio acompañaba a mi padre en sus aventuras contra los barcos españoles. En una de esas aventuras fui a parar a una isla en donde me vi obligado a permanecer un mes entero sumido en la más absoluta miseria. Pero en esa isla encontré la máscara que desde entonces me ha salvado de la muerte innumerables veces. Cuando salí de la isla, liberado por unos corsarios, supe que mi padre había sido asesinado. Busqué a los asesinos de mi padre y les di muerte. Tan horrible fue mi venganza, que ese solo rasgo me dio la reputación de una ferocidad inexorable. Mi vida cambió por completo a partir de ese momento.

—Vuestras palabras me sorprenden y atemorizan.

—Sois cruelmente injusta, Minna. Desde el instante en que supisteis que yo era un aventurero del mar, un bucanero, un pirata, ¿por qué os habría de sorprender cuanto os he dicho?

—Debí preverlo todo, es cierto. Pero me parecía que una guerra contra los españoles había de presentar alguna causa que la justificara. No os acuso, sin embargo, del error de mi imaginación, pero es preciso que nos separemos.

—No podéis dejarme así.

—Necesito algún tiempo para reflexionar. No puedo amar a un hombre que se muestra orgulloso de tales hazañas. Podría amar su arrepentimiento, más nunca su orgullo.

Estas palabras señalaron la separación entre el hombre y la mujer. Regresó Cleveland a Burgh-Westra y, al día siguiente, comunicó al señor Troil su intención de partir hacia Kirckwall a bordo del bote del buhonero Bryce.

Magnus Troil, ofendido por esta preferencia de compañero de navegación, protestó indignado, pero Cleveland dijo que no podía esperar más tiempo, pues temía abusar de la amabilidad de su anfitrión.

—Además —añadió el marino con franqueza—, si llego antes que vos, podré arreglar mis asuntos y quedaré libre para disfrutar de vuestra compañía y la de vuestras amables hijas en la feria del lugar.

Así, Cleveland se dispuso a partir, como también emprendieron el viaje de regreso a casa otros invitados. Mordaunt se despidió de sus amigos y conocidos, aunque eran ya muy pocos, y escuchó con pena las palabras que el señor Troil dirigió a su hija Brenda cuando ésta se atrevió a decir que la marcha de Mordaunt la entristecía.

—Se trata de un antiguo amigo —dijo Troil a su hija— y es natural que os apene su marcha. Pero recordad que es mi voluntad que tal amistad acabe.

# Capítulo XII

La marcha de los invitados sumió a Burgh-Westra en el silencio. Pasaron muchos días sobre el fijado por Mordaunt para volver a su casa y, sin embargo, no aparecía.

La vieja Swertha no se alarmó al principio, pensando que tal vez se había entretenido en casa de Triptolemo Yellowley y de su hermana, mas luego comenzó a alarmarse ante la tardanza del muchacho.

No sabiendo qué hacer al respecto, decidió consultar a su amo, el señor Mertoun, pero éste se mostró indiferente a los temores de la criada.

—¡Temores! —bramó Basil Mertoun—. ¿Me venís a hablar a mí de vuestros necios temores? ¿Qué me importan vuestros temores, vieja bruja?

—Tenéis razón —respondió Swertha con ironía—. Un padre no ha de preocuparse por su hijo ni una criada por su amo. Más vale que nadie se preocupe por nadie.

Quedó muy sorprendido Mertoun al ver el cambio insolente de su criada, y fue tal su sorpresa que guardó silencio. Mas pronto recobró su cólera habitual y exclamó:

—¿Qué quieres que haga yo, vieja loca? Aunque es cierto que nada bueno puede sucederle en medio de las locuras en que vive.

—Puede que yo sea una vieja loca, pero vos no tenéis corazón. ¡Dios se apiade de un pobre muchacho sin madre y sin consuelo!

Estas palabras parecieron provocar en Basil Mertoun una terrible conmoción. Se dirigió a un antiguo arcón cubierto por las telarañas y sacó de él una botella de alcohol. Este hecho sorprendió sobremanera a Swertha, pues todos sabían en la isla que el señor Mertoun no bebía.

Cuando el hombre hubo apurado unos tragos de la botella, la calma pareció retornar a su semblante. Miró a la criada sin acritud y le dijo:

—Id a casa de Niel Ronaldson y decidle que ponga a mi disposición cuantos barcos y hombres pueda. Iremos en busca de mi hijo.

No tardó mucho Swertha en desempeñar su cometido. Comunicó el encargo de su amo al viejo Ronaldson y le dijo que no se preocupara por los gastos, pues el señor Mertoun había prometido pagarle bien, y el señor Mertoun, todos lo sabían, siempre pagaba sus deudas.

Ronaldson acudió después a casa de Mertoun y juntos decidieron trazar un plan.

Ultimados los preparativos, Ronaldson añadió:

—De todos modos, sería conveniente consultar a una persona que puede saber algo de vuestro hijo.

—¿Qué persona es ésa? —preguntó Mertoun.

—Norna de Fitful-Head.

—¿Y qué puede saber ella?

—Siempre ha manifestado un gran cariño por Mordaunt. De cuando en cuando le hace algunos regalitos, sin hablar de la hermosa cadena de oro que vuestro hijo lleva en el cuello.

—Si pensáis que esa mujer sabe algo de mi hijo, id a buscarla.

—Creo que andaba por el cementerio —dijo Swertha.

—En ese caso —respondió el supersticioso Ronaldson—, no seré yo quien la busque allí.

—Está bien —dijo Mertoun tomando su capa—. Yo mismo iré.

Basil Mertoun salió de la casa con aire decidido y el paso firme.

—No olvidéis lo encomendado —le recordó Swertha a Ronaldson—. Debéis disponer que las barcas salgan de la bahía. Hemos de encontrar como sea al muchacho.

Cada uno se dirigió a sus ocupaciones.

Basil Mertoun llegó por fin al viejo cementerio y encontró a Norna entregada a sus meditaciones. Cuando la anciana le vio llegar, le saludó de esta manera:

—¡Por fin vinisteis a buscarme!

—Y por cierto que os hallé.

—¿Qué buscáis aquí?

—Vengo a preguntaros si sabéis algo de mi hijo.

—Si queréis encontrarle con vida, id a la feria de Kirckwall.

—Mi hijo no pensaba ir allí.

—Volubles somos todos. Vos tampoco pensabais esta mañana venir a este lugar.

Mertoun nada dijo. Norna añadió:

—Habréis de seguir mis indicaciones. Id a la feria y, al mediar el quinto día, entraréis en el ala izquierda de la iglesia de San Magnus. Allí encontraréis a una persona que os dará noticias de vuestro hijo.

—¿Por qué he de creeros?

Norna se acercó al hombre y pronunció unas palabras en su oído. Tales palabras parecieron producir en Basil

Mertoun un efecto extraordinario, pues quedó inmóvil por la sorpresa.

Cuando regresó a casa, permaneció silencioso en extremo. Regresaron los hombres que habían salido en las barcas en busca de Mordaunt y todos afirmaron no encontrar ni rastro del muchacho.

Mertoun decidió entonces seguir las indicaciones de Norna y se preparó para viajar a Kirckwall.

Mientras tanto, Minna permanecía sumida en una tristeza inmensa. Se mudaron de tal modo su carácter, modales y costumbres que quienes la trataban lo atribuyeron, según su modo de ser, unos a la hechicería y otros a una perturbación de su cerebro.

Su padre recurrió a todos los curanderos de la zona, mas ninguno consiguió ayudarla. De nada sirvieron tampoco los consejos de Brenda, pues Minna no atendía sus indicaciones.

Desesperado, el señor Troil decidió vencer sus naturales escrúpulos hacia todo lo que tuviera algo que ver con la hechicería y se dispuso a visitar a Norna en busca de ayuda. Partió, pues, con sus dos hijas en busca de su pariente.

Mientras caminaban por los solitarios parajes que bordeaban los acantilados de la isla, Brenda preguntó a su padre si era verdad lo que se decía de Norna.

—¿A qué os referís? —inquirió el señor Troil.

Brenda le hizo un breve resumen de la historia que les había contado Norna la terrible noche de su aparición.

—Desde luego —afirmó Magnus Troil cuando hubo escuchado el relato—. Todo cuanto acabas de decir es cierto.

—¿Y cuál es el motivo de su deshonra?

—Puesto que para un hombre es difícil ocultar por largo tiempo a una mujer lo que ésta desea saber, mejor será

que os diga que el fruto de esas relaciones de Norna con el extranjero fue un hijo.

—¿Un hijo? —preguntó Brenda extrañada.

—Así es —repuso su padre—. Nadie sabe qué fue de él. Me figuro que se lo llevó el pícaro de su amante.

—¿Qué clase de hombre era ese extranjero, mi querido padre?

—Un hombre como los demás, me figuro, pues yo jamás le vi. Él frecuentaba las casas de muchas familias ricas de Kirckwall, mientras que yo, en cambio, como todos los buenos norsas antiguos... Si Norna hubiese visitado más a compatriotas en vez de relacionarse con esos escoceses, jamás hubiese conocido a Vaughan y muy otra sería su suerte. Mas entonces, Brenda, yo no habría conocido jamás a vuestra madre y con ello no hubiese tenido los grandes sentimientos que me quedaron después de tan breve dicha.

—Como amiga o como compañera—dijo Brenda—, Norna hubiese llenado muy mal el lugar que ocupó nuestra madre a vuestro lado. Por lo menos, así lo creo si he de juzgar lo que dicen.

Magnus, que en aquel momento sentía amortiguada su natural impetuosidad por el recuerdo de una esposa tan querida, le contestó, con más dulzura de la que ella esperaba:

—En aquella época yo estaba decidido a casarme con Norna. Aquella boda habría significado poner la paz en una antigua discordia familiar y lo deseaban todos nuestros parientes, aunque en un principio se opusieran al proyecto. En ese momento yo no conocía a vuestra madre y, por tanto, no tenía ningún motivo para negarme al plan. No debes juzgarnos a Norna y a mí por lo que ahora seamos. Ella era hermosa y yo, un poco alocado. Creo que nos quisimos como hermanos, pero ella prefirió amar a Vaughan y yo encontré a vuestra madre.

—¡Pobre Norna! ¿Y no supo nada más de su hijo?

—Yo no sé nada sobre su hijo. Lo único que sé es que Norna estuvo muy mal antes y después de dar a luz. En cuanto al hijo, vino al mundo antes del tiempo marcado por la Naturaleza y es probable que muriera. Mas no debéis preocuparos por estas cosas, Brenda. Sigamos nuestro camino y olvidemos el pasado. Los jóvenes sólo deberían pensar en el futuro.

El resto del camino lo hicieron padre e hija en completo silencio, entregado cada uno a sus propias meditaciones. Minna les seguía absorta.

Cuando llegaron frente a la morada de Norna, un hombre de corta estatura, un enano, les salió a recibir.

—¡Hola, Nick! —le saludó amablemente Magnus Troil—. Aquí tenéis a mis dos hijas, Brenda y Minna. Espero que os encontréis bien.

El enano respondió al saludo torpemente, con una serie de gestos que parecían muecas debido a las malformaciones de su pobre, dolorido y maltrecho cuerpo. Pero en su cara se dibujó una sonrisa llena de reconocimiento hacia la amabilidad de Magnus Troil, uno de los pocos hombres en la isla que le trataba como un ser humano.

Se apartó el enano de la puerta de entrada y los visitantes penetraron en la morada de Norna de Fitful-Head.

La vieja mujer estaba sentada en medio de la penumbra, rodeada de un gran despliegue de artefactos de carácter brujeril, lo cual contribuía a que su aspecto fuera más extraño que de costumbre.

Magnus Troil avanzó hacia ella, mientras sus hijas se mantenían un poco apartadas, temerosas y sorprendidas.

—Tened buen día, Norna —dijo el señor Troil—. Mis hijas y yo hemos venido a visitaros.

Norna levantó por un momento los ojos, los fijó en el hombre y no dijo nada.

—Necesitamos pediros consejo —insistió Troil.

—¡Los sordos vienen a escucharme! —afirmó Norna con una voz gélida y sepulcral—. ¿Qué queréis de mí? Despreciasteis los saludables avisos que os di sobre los males que os amenazaban, y ahora que han llegado venís a pedirme consejo, cuando ya no puede serviros de nada.

—Os diré una cosa, prima —añadió Troil—. No sois muy educada que digamos. Mas pasaré por alto estas bagatelas e iré al grano directamente. Me preocupa la salud de mi hija.

—¿Y qué enfermedades padece?

—Eso es cosa del médico. Yo sólo sé que...

—No sigas. Sé cuanto puedas decirme y mucho más aún. Sentaos todos, y tú, Minna, ponte en esta silla que en otro tiempo fue de Giervada, a cuya voz se apagaban las estrellas y se oscurecía la misma luna.

Minna obedeció y lo mismo hicieron su padre y su hermana.

Norna comenzó a disponer determinados objetos sobre una mesa. Entre otros destacaban una pequeña hornilla llena de carbón mineral, un crisol y una plancha de plomo.

Instantes después, Norna le dijo a Minna:

—¿En dónde está vuestro mal?

—En el lado izquierdo —respondió la aludida como aturdida y ausente.

Su padre la miró espantado, pues nunca la había visto en tal estado de insensatez.

—Así es —respondió Norna—. En el lado izquierdo. Todo bien y todo mal nacen de ahí: del corazón. Heridle y veréis cómo el ojo se oscurece, el pulso late con más debilidad, la sangre se coagula en las venas y todos los miembros se marchitan como las hierbas marinas expuestas a los rayos del sol.

A continuación, Norna puso el crisol sobre la hornilla y derramó sobre los carbones algunas gotas de un líquido contenido en una pequeña redoma. Así, empapando el índice de su mano derecha en otro licor tocó el carbón diciendo en voz alta:

—Fuego, cumple tu misión.

Apenas pronunció estas palabras, y sin duda por efectos de una reacción química desconocida por los espectadores de la acción, el carbón colocado en la hornilla se fue encendiendo poco a poco.

Cortó seguidamente un pedazo de la plancha de plomo y la puso en el crisol, tomando el cántaro que contenía agua y vertiendo un poco en una varilla. Después sacó con las tenazas el crisol del fuego y vertió en un vaso el plomo derretido.

Todas estas operaciones fueron ejecutadas al compás de una serie de cánticos en lengua norsa.

Posteriormente, mirando a Minna, con fijeza, le dijo:

—Dime si has entendido lo que he intentado explicarte.

—Vuestras palabras resultan claras para mí.

Magnus Troil contemplaba extasiado a las dos mujeres. Su lenguaje le resultaba desconocido y por un momento pensó que se había vuelto loca. Pero el semblante de Minna, sereno y relajado, le hizo concebir esperanzas de curación.

Norna extendió sus brazos al horizonte y exclamó dirigiéndose a Minna en particular:

*Como fin a tus males, oye lo que te digo,*
*y vuelva la esperanza a lucir en tus ojos.*
*La paz, la confianza sean de nuevo contigo*

*y el alhelí sus tintas dé de nuevo a tu rostro.*
*Y en Kirckwall ha de verse cumplido. Lo afirmo*
*aunque mire de rojo pies y manos teñidos.*

Minna miró a Norna con gratitud. No atreviéndose a manifestarle sus sentimientos de un modo más claro, oprimió la seca mano de la anciana con toda la expresión de su afecto, primero contra su corazón y luego contra sus labios, regándola al mismo tiempo con sus lágrimas.

# Capítulo XIII

Norna apartó sus manos de las de Minna, que lloraba abundantemente, y con una especie de sensibilidad que no le era normal, y con una ternura que no había manifestado hasta entonces, tomó el pedazo de plomo moldeado por sus manos en forma de corazón y lo ató a una cadena de oro que puso en el cuello de la muchacha con estas palabras:

*Ten paciencia, porque ella es firme*
*en la defensa de los peligros*
*que nos persiguen.*
*Esta cadena que ves la hizo*
*en otros tiempos un hada insigne,*
*y ella prueba que Norna dijo*
*la verdad. Tenla, nadie la mire*
*hasta que el tiempo deje cumplido,*
*sin dejar nada, cuanto predije.*

Entonces Norna colocó la cadena en torno del cuello de Minna, ocultándola en su seno de modo que nadie pudiera verla.

De este modo acabó el encanto.

Minna se precipitó sobre su padre y le abrazó con ternura. El señor Troil miró a su hija con cariño y a Norna con agradecimiento. Pidióle mil perdones por los disgustos que le había ocasionado. La anciana, por su parte, le tendió la mano y ambos se las estrecharon con la mayor cordialidad.

—Nuestra separación es necesaria —dijo Norna— y lo hacemos, según creo, sin resentimiento.

—Por mi parte —afirmó Troil— no guardo ninguno. Jamás guardé resentimiento a nadie, y mucho menos podré tenerlo contra mi propia sangre y contra una mujer cuyos consejos me han conducido a través de más de una borrasca de la vida con tanta seguridad como el mejor piloto de Sworna o de Stroma podría llevar un barco en las corrientes y torbellinos del mar de Pentland.

—Ahora retiraos —añadió Norna— con la bendición que os doy. Ni una palabra más.

Los viajeros dieron la media vuelta y emprendieron el camino de regreso, dejando a la anciana de nuevo con su soledad.

Pero trasladémonos a las islas Orcadas en donde, dentro de un lugar conocido como el Palacio del Conde, se encontraba nuestro amigo Cleveland.

Era el Palacio del Conde un enorme edificio de sólida construcción y poco elegantes líneas. La sala principal del palacio consistía en una gran habitación, de forma rectangular, que contenía una enorme mesa para cien invitados. Por esta vasta sala paseábase lentamente el capitán Cleveland.

Retirado allí en busca de soledad, vestía un uniforme ricamente bordado y engalanado. Dábanle todo el aire de un caballero el sombrero con plumas y la imprescindible espada, de puño exquisitamente trabajado. Pero tanta elegancia no disimulaba el mal estado de su salud.

Su rostro estaba pálido y sus movimientos y miradas carecían de su viveza habitual. En su aspecto se revelaban las pesadumbres del alma y las molestias del cuerpo.

Subió en tanto la escalera un joven de talle gentil vestido con más ostentación que buen gusto. Afectaba en sus modales la soltura de las altas personas de su tiempo y había en la viveza de su fisonomía un algo de desvergüenza.

Penetró en la sala y se encaró con Cleveland, quien, haciendo una ligera inclinación de cabeza, se encasquetó el sombrero hasta las cejas y continuó, con visible mal humor, con sus paseos.

Correspondió el extranjero con igual movimiento y le ofreció un polvo tomado de una cajita de oro. Cleveland rehusó con frialdad el ofrecimiento y el otro individuo se detuvo a contemplar atentamente los movimientos de aquél cuya soledad venía a interrumpir.

Molesto por esta observación, el capitán se detuvo también y dijo:

—¿No he de poder gozar de media hora de tranquilidad?

El recién llegado no dijo nada, por lo que Cleveland insistió:

—¿Qué diablos queréis de mí?

—Si sois vos el capitán Clemente Cleveland —respondió el aludido—, a fe mía que habéis buscado un buen refugio para un búho en pleno día o para los paseos de un fantasma a la pálida claridad de la luna.

Más picado aún, Cleveland añadió:

—Ya que os habéis desahogado con vuestro gracejo, ¿os place ahora darme en serio alguna razón?

—Muy formalmente os advertiré que ya debéis saber que soy amigo vuestro.

—Lo supongo.

—Más que eso: os he dado pruebas de serlo aquí y fuera de aquí.

—Habéis sido un buen camarada, desde luego. Mas ¿eso a qué viene?

—¡Que a qué viene! Bonita manera de dar las gracias. ¿Sabéis, capitán, que Benson, Barlowe, Dick Fletcher y yo, junto con otros adictos, somos quienes hemos persuadido a vuestro antiguo camarada, el capitán Goffe, a venir cruzando estos lugares en vuestra busca, en tanto que Hawkins, con casi todo el bando y el mismo capitán, se hubieran dado a la vela con rumbo a Nueva España, donde seguirían ejerciendo la profesión?

—¡Así os hubierais dado a vuestros asuntos, dejándome a mí con mi propia suerte!

—Suerte que no hubiera sido otra que la de ser delatado y ahorcado el día en que uno de estos canallas de ingleses, a quienes tantas cargas habéis quitado, hubiese puesto en vos los ojos. Y como no podía darse lugar más concurrido de marineros que este archipiélago, hemos dejado correr un tiempo precioso para poder librarnos de semejante peligro en estas playas. Mas, como carecemos de dinero que malgastar con los habitantes del lugar y no tenemos mercancías que venderles, los pobladores de esta zona se están volviendo exigentes y desearían apoderarse de nuestra nave.

—¿Por qué no os hacéis a la mar sin mí? Ya que el reparto hecho nos proporciona a cada cual su parte, haga cada uno lo que mejor le convenga. Además yo, que siendo capitán perdí mi barco, no me sometería ni a Goffe ni a nadie. Aparte esto, ni él ni Hawkins me perdonarán el haberles estorbado para hacer naufragar aquel navío español con los demonios de los negros que conducía.

—¿A qué demonios os referís? ¿Sois el mismo Clemente Cleveland, nuestro intrépido capitán? ¿Acaso teméis a Goffe y sus secuaces contando conmigo y con mis hombres? ¿Os hemos abandonado alguna vez en los momentos difíciles? ¿Qué motivos tenéis para recelar ahora de nosotros?

Cleveland permaneció en silencio.

—¿Es acaso novedad que cambien los valientes de capitán? —prosiguió el hombre—. Seréis vos quien nos mande, estad seguro de ello. Yo no sirvo más a ese pícaro Goffe. Es un perro rabioso, y yo deseo servir a un capitán que tenga algo de caballero. Vos me iniciasteis en la vida del mar.

—¡Pobre Bunce! Te convertí en pirata. No es un servicio por el que debas estarme agradecido.

—Según y cómo. Pero olvidad el nombre de Bunce y llamadme Altamonte.

—Sea. Te llamaré Jack Altamonte, puesto que Altamonte es el...

—Lo de Jack no me parece propio, capitán. Estoy más contento con llamarme Federico.

—De acuerdo, pero dime: ¿adónde nos dirigiremos?

—Vamos a casa de Bet Halitane, en el muelle, y probaremos su rico aguardiente.

—No. No deseo topar con esos bellacos ni con alma viviente.

—Pues entonces iremos al monte de Whiteford.

Los dos amigos salieron del palacio y se dirigieron al lugar indicado, situado al norte de la ciudad de San Magnues. El llano que se extiende al pie del monte hallábase muy concurrido de gente, ocupada en los preparativos de la feria que se celebraría al día siguiente.

Cuando alcanzaron la cima, Altamonte dijo a Cleveland:

—Habéis de ser vos nuestro capitán, porque el salvaje Goffe se emborracha como si fuera un lord, desnuda la espada, arremete contra su propia tripulación y ha sostenido tan endiabladas reyertas con los indígenas que apenas si quieren suministrarle a bordo víveres y bebida.

El capitán seguía con la mirada fija en el horizonte y parecía no atender las palabras de su compañero. Éste, observándole con pesar, exclamó:

—¿Qué diablos meditáis?

—No deseo continuar en esta profesión de pirata.

—¡Qué decís!

—Pasa una semana, un mes, y el ron y el azúcar se terminan, el tabaco se convierte en humo y el oro y la plata pasan a manos de los burgueses de Port Royal u otros puertos, los cuales tienen fe en nuestro comercio cuando nos ven bien provistos, pero después nos cierran las puertas o nos reciben con fría indiferencia. Así, procuran que les enriquezcamos cuando tenemos llenos los bolsos, aun a costa de nuestras cabezas. Entonces, con la soga y el palo acaban las vidas de los caballeros piratas.

—¡No habléis así!

—Reniego de este oficio. Surcamos las aguas con la única intención de arruinar al prójimo y perdernos a nosotros mismos tarde o temprano. No quiero proseguir con semejante vida y he resuelto que, de ahora en adelante, seré un hombre de bien.

—¿Y dónde podréis refugiar vuestra hombría de bien? Porque después de haber quebrantado las leyes de todos los pueblos, la mano de la justicia os irá a la zaga. No tenemos salida.

—Nos queda un recurso: demandar el indulto que se otorga a los de nuestro oficio cuando se entregan voluntariamente.

—¡Tonterías! La época de los perdones hace tiempo que pasó. Yo, en vuestro lugar, no aventuraría mi garganta de modo tan simple. Hoy se perdona o se castiga demasiado arbitrariamente.

—No faltan quienes han obtenido esta gracia. ¿He de tenerme yo por menos afortunado?

—Cierto que han perdonado a Harry Glasby y a otros varios, pero Glasby se hizo verdaderamente útil a la justicia vendiendo a sus camaradas para ayudar a su fortuna. Y esto vos no lo haréis, ni aun por vengaros del brutal Goffe.

—Antes moriría mil veces.

—No es preciso que lo juréis. Vos habéis metido demasiado ruido para poder granjearos el perdón tan fácilmente.

—¿Pero por qué? ¿Acaso no puedo pretenderlo? Tú sabes cuál ha sido siempre mi conducta.

—Yo sí lo sé...

—He adoptado una apariencia dura, pero si preciso fuera demostraría que a muchas personas he salvado la vida, que he restituido muchos bienes que de lo contrario habrían sido destruidos por instinto de hacer el mal. Puedo probar que...

—Que sois un bandido tan honrado como el mismo Robin Hood. Pero supongamos que os conceden el indulto. ¿Qué será de vos después? ¿Adónde iréis en busca de amigos? Al saber que sois un pirata indultado, ningún hombre de bien os dirigirá la palabra y ninguna mujer honrada os tenderá la mano.

—Pues yo sé de mujeres que... Una por lo menos me sería fiel.

Bunce Altamonte miró a su capitán con socarronería y le dijo:

—Desde el principio he barruntado que en este asunto andaban faldas de por medio.

—Te reirás cuanto quieras, pero es cierto que hay una joven que me ama aun siendo pirata. Y debo confesarte francamente que nunca habría tenido valor para abandonar este género de vida si no hubiera sido para hacer feliz a la mujer que amo.

—Siendo así, todo es inútil. No hay razones para cabezas perdidas. En nuestro oficio, capitán, el amor no es sino locura... Pero debe ser una criatura de una rara condición para pretender que un hombre de vuestro talento se exponga a que le ahorquen por sus bellos ojos. Pero decidme, ¿se trata de una doncella ejemplar, de una conducta intachable?

—Es la criatura más virtuosa y de mayor belleza que he visto jamás.

—¿Y os ama? ¿Os ama a pesar de saber que estáis al frente de estos buscadores de la fortuna llamados piratas por la gente?

—¡No me cabe la menor duda!

—Siendo así, es preciso que esté loca o que no sepa lo que es un pirata.

—Más bien se trata de lo segundo. Ha sido educada en el retiro, con tanta simplicidad y tan absoluto desconocimiento del mal, que suele comparar nuestra ocupación con la de los antiguos norsas, que cubrían los mares con sus victoriosas galeras, fundaban colonias, conquistaban reinos y se daban el título de reyes del mar.

—Suena mejor ese nombre que el de pirata. Esa joven debe ser un temperamento varonil. Deberíamos llevarla a bordo. ¿Por qué no le dais ese gusto?

—¿Puedes suponer que soy capaz de ejercer de Satanás hasta el punto de aprovecharme de su error y entusiasmo para conducir a un ángel de hermosura e inocencia a un antro infernal como en nuestro barco? Amigo, todas mis otras maldades juntas no equivaldrían a una maldad semejante.

—Entonces habéis hecho una locura viniendo a las Orcadas. Un día se divulgará la noticia de que el navío capitaneado por el famoso pirata Cleveland naufragó en las rocas de Main-Land, y que la tripulación sucumbió con sus tesoros. Deberíais haber permanecido allí con vuestra bella prometida.

## Capítulo XIV

—Eso mismo me habría gustado hacer —respondió Cleveland a las palabras de su amigo Bunce—, pero un miserable vendedor llevó a las islas la noticia de vuestro arribo aquí y vime precisado a venir a cerciorarme de si éste era el segundo navío del cual se había hablado ya antes de decidirme a librarme de este oficio.

—Hicisteis bien. Del mismo modo que supisteis de nuestra llegada, habríamos sabido nosotros de vuestro retiro y hubiéramos ido a buscaros inmediatamente, unos por amor y otros por odio.

—Lo suponía, y por ello rehusé la invitación que un amigo me hizo de traerme aquí. Además, creo que mi perdón costará algún dinero y, como no estoy muy allá de fondos, he querido...

—Venir por lo vuestro. Bien hecho. Goffe ha obrado en eso honradamente y ha cumplido los pactos. Pero, así y todo, procurad que no sospeche vuestra resolución de dejarnos, pues temo que os juegue una de sus pasadas.

—Bien sabe él que no le temo. Pero en este momento me preocupa otra cosa.

—¿De qué se trata, capitán?

—Antes de salir de Main-Land herí a un joven en una riña y ése es mi suplicio desde que estoy en tierra.

—¿Y murió? Porque sería más grave aquí que en las islas Bahamas, donde es posible despachar de mañanita un par de prójimos inoportunos sin que haya quien haga de ello más caso que de un par de palomas torcaces.

—Confieso que mi cólera me pesa, pues hube de dejar a aquel joven con la locura como único doctor.

—¿Qué queréis decir con eso?

—Me explicaré. Mientras yo llamaba la atención de mi dama para merecer un rato de coloquio con ella antes de mi partida, el tal mozo se colocó a mi vera, y comprenderás que interrumpirme en semejante momento...

—Una intromisión así merecía la muerte según las leyes del amor y el honor.

—Aquel joven, demasiado vivo de ingenio, creyó oportuno replicarme cuando le ordené que se retirara. Bien sabéis que no puedo sufrir que se me haga esperar. Confirmé mi orden con un soberbio bofetón, al que él correspondió con creces.

—¡Qué osadía!

—Sostuvimos unos momentos de lucha, hasta que creí que había llegado el tiempo de poner fin a la pelea, y lo hice valiéndome del puñal que siempre llevo conmigo. Herirle y arrepentirme fue todo uno. Pero ya no había remedio y huí a ocultarme.

—¿Dónde?

—Con el cuerpo de mi adversario en hombros me encaminé a la orilla del mar, decidido a precipitarle por un abismo. Pero cerca ya del mar vi que mi víctima gemía, y esto me hizo tender en el suelo a mi enemigo e intentar curarle la herida de la que manaba sangre en abundancia.

—¡Me dejáis atónito con vuestra conducta!

—En aquel instante se me apareció una vieja. La conocía de verla en la isla, donde tiene fama de bruja. La vieja llamó a un enano de repugnante figura y juntos trasladaron al joven a una cueva cercana. Yo alcancé el mar tan pronto como pude, me embarqué y me di a la vela.

—¡Por todos los demonios! ¡En mala hora fuisteis a parar a aquel lugar siniestro!

—No digas eso. De no ser así, jamás habría conocido a mi amada.

—Ya que conozco a fondo vuestra aventura, os podré ayudar mejor de obra que de palabra. Fiel me tendréis, Cleveland, como la hoja al puño, pero no puedo consentir que nos abandonéis. Sería demasiado para mi corazón. Sea lo que sea, ¿vendréis conmigo a bordo?

—No tengo otro refugio.

Bunce se sintió satisfecho. Los dos hombres se miraron en silencio y en silencio emprendieron el camino de regreso.

Después de caminar un leve trecho, Bunce dijo:

—Capitán, estáis dando excesiva importancia a la herida de ese tunante. Cosas más graves os he visto realizar sin que luego os preocupasen tanto.

—Nunca por tan leve provocación. Me salvó la vida antes de que yo le devolviera el favor. Pero no quiero preocuparme más. Espero que esa vieja loca le pueda salvar.

—Saludable proceder. Vayamos junto a las gentes de la feria y busquemos un entretenimiento digno de nuestros deseos.

Llegaron los dos hombres junto a las barracas dispuestas para la feria y Bunce se detuvo a contemplar una tienda más lujosa que las otras, donde había un vestido completo que llamaba la atención por su elegancia y la hermosa calidad de sus telas.

El vendedor mostró a Bunce el traje con más detenimiento y éste, por lo bajo, le dijo a Cleveland:

—¡Por vida mía, capitán! ¿No son éstas vuestras mercancías?

Cleveland fijó su mirada con más detenimiento en el vestido y comprobó que se trataba, en efecto, de una de sus pertenencias. Extrañado, observó al vendedor y, al comprobar que se trataba de Bryce, exclamó:

—¿Qué significa esto, bribón? ¿No era bastante habernos vendido tan caro lo que tan barato adquiristeis que aun hubisteis de apoderaros de mi caja y mi vestido?

¡Cuánto hubiera dado el viejo Bryce por no encontrarse con el capitán Cleveland! Llamó a un muchacho que por allí se encontraba y le ordenó en voz baja que fuera en busca de algunos oficiales, porque iba a haber necesidad de ellos en la feria.

Dicho esto, dio un empellón al muchacho para confirmar la urgencia de la orden y se volvió a los recién llegados, a quienes saludó de esta manera:

—¡Bendito y alabado sea Dios! ¿Es verdaderamente el noble capitán Cleveland el que estoy contemplando, el que tantas zozobras me ha hecho pasar, el mismo por quien me las dio en concepto de legado vuestro? ¡Qué alegría la que ahora experimento! ¡Qué dichoso me siento de veros de nuevo con vuestros antiguos amigos!

—¡Mis afligidos amigos, miserable! —respondió Cleveland—. Yo os proporcionaré mayor causa de aflicción que las que hasta ahora me debéis, si os negáis a confesar en seguida dónde robasteis mis vestidos.

—¡Robar! ¡Atreverme yo a robaros a vos! El pobre capitán ha debido perder la cabeza.

—¡Hipócrita! ¿Pensáis que voy a dejarme engañar por vuestra desvergüenza? Si estimáis en algo vuestra cabeza y vuestro pellejo, decidme ahora mismo dónde robasteis mis vestidos.

Bryce miró a lo lejos, intentando divisar a los oficiales que acudirían en su ayuda.

—Quiero la respuesta ya —ordenó Cleveland—, u os aplasto como a una momia y hago un destrozo en vuestras baratijas.

Divertía grandemente aquella escena a Bunce y se le antojaba una comedia la cólera del capitán, por lo cual, asiéndole de un brazo, con la intención de prolongar la escena, le dijo:

—Permitid que este buen hombre se explique, porque posee la más bella fisonomía del hipócrita que he visto en mi vida.

Mas Cleveland no entendió la broma de su amigo, cegado como estaba por la ira, y exclamó dirigiéndose a Bunce:

—¡Soltadme! ¡He de molerle la osamenta!

—¡Ayudadme, señor! —dijo el buhonero a Bunce, tratando de encontrar apoyo.

—No puedo ayudaros si os negáis a contestar a sus preguntas.

—Pero este hombre me acusa de haber sustraído sus ropas —protestó Bryce—, cuando yo las adquirí legítimamente.

—¿A quién se las comprasteis, despreciable vagabundo? ¿Quién tuvo la osadía de vendéroslas? —insistió Cleveland.

—La señora Swertha, la vieja criada de Yarlshof, fue quien me las dio en concepto de legado vuestro. Por cierto que al vendérmelas estaba afligidísima.

—Puede que lo estuviera, mas ¿cómo se atrevió a lucrarse con objetos que se le habían confiado?

—La pobre mujer lo hizo con buena intención. Si queréis escucharme debidamente, dispuesto estoy a daros la caja y cuanto en ella había.

Cleveland recordó que el arca había sido entregada por él a Mordaunt para que se la custodiara, y en ese instante se arrepintió de haberlo hecho.

—Explicaos —ordenó el capitán—, pero cuidado con lo que decís. Si sé que os apartáis de la verdad, no me andaré con miramientos.

—Sabed —dijo Bryce— que todo el mundo siente verdadera inquietud.

El mercachifle trataba de ganar tiempo mientras esperaba la llegada de los oficiales.

—Vuestro honor —añadió—, que todos aman y respetan como cosa propia, y que todos creían en el fondo del mar, dándoos por perdido ya, por muerto, por desaparecido...

—Yo os mostraré que aún estoy vivo.

—Un poco de paciencia, señor capitán, que ni tiempo me dais para explicarme. También el joven Mordaunt Mertoun...

—¿Qué ha sido de él?

—Nadie se lo explica. Ha desaparecido como por encanto, si bien se sospecha que haya caído al mar desde lo alto de una peña. Pues bien, ahora que nada se sabe de él y puede que haya desaparecido para siempre, creo que los bienes que haya dejado no importarán un comino.

—¿Qué relación tiene esto con los vestidos del capitán? —preguntó Bunce.

—Dejad que lo explique, señor. En realidad, teniendo en cuenta que dos personas habían desaparecido y pasando por alto lo que ocurría en Burgh-Vestra a propósito de que cierta señorita Minna...

—¡Tened cuidado con lo que decís! —interrumpió el colérico capitán—. ¡Hablad de ella con el respeto que le debéis o juro que os corto las orejas y os las hago tragar!

—Siempre tan bromista —dijo Bryce—. Pues bien, teniendo en cuenta que dos personas habían desaparecido...

—¿Quién más ha desaparecido, aparte del joven Mertoun?

—Su padre también se ha esfumado, señor capitán. El caso es que el señor Magnus Troil, padre de la mencionada joven, como usted sabrá, desde luego, ya que fue usted mismo quien bailó con ella...

—¡Al grano! —gritó Bunce, que empezaba a impacientarse con tanta charlatanería—. ¿Qué fue de los vestidos?

—Desde luego, señor. A eso voy, pero tened un poco de paciencia, pues he de explicar bien el asunto... Cuando visité Yarlshof encontré a la pobre Swertha muy dolida por el asunto de las desapariciones. Yo me uní a su pesadumbre y a su llanto...

—¡Al grano, si no quieres que te abra la cabeza! —insistió Bunce.

—Bien, señor. El asunto es que Swertha me vendió la caja con las ropas. Yo pagué su importe y la caja me pertenece. Eso es lo que pasó y eso es lo que mantendré hasta que me muera. La caja es mía.

—Eso significa que esa mujer tuvo la desfachatez de vender lo que no era suyo, y tú tuviste el poco escrúpulo de adquirirlo —dijo Bunce.

—¿Qué quería que hiciera? Desaparecido todo el mundo, los vestidos iban a pudrirse...

—Escuchadme —dijo Cleveland—, pasaré por alto el incidente si me devolvéis una cartera de cuero negro que tiene llave, una bolsa con doblones y algo de ropa que necesito.

—¿Doblones? —exclamó el buhonero con sorpresa aparente—. Yo no compré doblones. Sólo compré mercancía que pudiera pudrirse con la humedad, pero los doblones no figuraban en el trueque.

—¡No respondo de mí si tratáis de engañarme un minuto más! —dijo Cleveland.

Bryce miró de nuevo a su alrededor y en ese momento divisó a lo lejos la ayuda que estaba esperando: seis oficiales de la guardia. Tras los altercados que la tripulación del barco de Goffe habían mantenido con la población de la isla, los oficiales estaban predispuestos en contra de los piratas, por lo que el buhonero, sintiéndose a salvo, exclamó:

—¡Cómo os atrevéis a llamarme ladrón! Algo mejor haríais en reservar ese término para vos mismo. ¿Quién sabe de qué medios os servisteis para haceros con esas propiedades?

Bryce acompañó estas palabras con una risa tan maligna, que Cleveland, no pudiendo reprimirse más, asió al hombre por el cuello y le lanzó por encima del mostrador. Tan rápido fue en ejecutar esta acometida, que no tuvo tiempo Bryce para defenderse, limitándose a llorar como un becerro al verse en el suelo de esa guisa.

Llegaron por fin los oficiales de la guardia y obligaron a Cleveland a soltar a su víctima, pues el capitán, fuerte y ágil en sus movimientos, había traspasado el mostrador y amenazaba con sus puños al mercader.

Cleveland y Bunce arremetieron entonces contra sus nuevos enemigos y a punto estuvieron de derribar a los

seis hombres, si no fuera porque la gente del pueblo, ene-
mistada con los piratas, acudió en ayuda de la guardia.

Los oficiales esposaron a los dos hombres y les condujeron a presidio. Mas un suceso inesperado, producido al pasar
ante el Ayuntamiento, varió notable e inesperadamente los
acontecimientos, así como los planes de la guardia.

Alertada por un marinero que había presenciado el incidente, la tripulación se puso en camino y acudió en ayuda
de los presos. En un abrir y cerrar de ojos, los piratas se
abrieron paso entre la muchedumbre, golpearon a los oficiales y libertaron a sus amigos.

Después se dirigieron todos al barco, que estaba anclado
en la bahía. Cleveland se vio así, sin buscarlo, conducido al
lugar del que había pretendido alejarse: el navío del capitán Goffe.

Tal parecía que los planes del capitán Clemente Cleveland
estaban variando constantemente desde el día en que naufragó y fue recogido por Mordaunt Mertoun en las playas de
la isla de Main-Land.

# Capítulo XV

Mientras tanto, ¿qué había sido del joven Mertoun?

Cleveland le había dejado en los acantilados junto a Norna y el enano. Mordaunt estaba pálido, débil y convaleciente debido a la gran pérdida de sangre que había padecido, pero había tenido la suerte de que el puñal, resbalando en las costillas, no le produjese más que una herida.

Norna y el enano convencieron a algunos pescadores para que condujeran al joven en su barca a una isla cercana. Norna les obligó a prometer que guardarían silencio sobre lo sucedido y los hombres partieron, dejando al herido y a los dos extraños personajes en aquel lugar casi desconocido.

Hallábase Mordaunt en un aposento regularmente amueblado. Norna estaba sentada frente a él, preparando un medicamento que el joven rechazó con violencia, tirándolo al suelo.

—¡Desgraciado mancebo! —exclamó Norna—. ¿Así me agradecéis los cuidados que os he prodigado?

—Deseo irme de aquí —protestó Mordaunt—. Agradezco vuestra ayuda, pero hay asuntos que me reclaman.

—¿Qué asuntos son ésos que tanta importancia parecen tener?

—Un hijo tiene deberes para con su padre.

—¡Para con su padre! ¿Qué ha hecho vuestro padre por vos para merecer tantas atenciones? ¿No os tuvo en vuestra infancia en manos extrañas, no se limitaba a enviaros de cuando en cuando unos mínimos socorros, como si fuerais un leproso cuya proximidad se trata de evitar? Vuestro padre os ha educado, pero no os ha querido como un padre de verdad.

—Decís la verdad, pero un buen hijo debe agradecer los beneficios recibidos de sus padres, aunque sean escasos. Además, estoy convencido de que mi padre me ama, aunque no lo demuestre.

—¡Falso! ¡No os ama! En vez de padre podríais tener una madre que os amaría más que a nadie en el mundo.

—¡Una madre! ¡Hace mucho tiempo que no tengo madre!

—Os engañáis. Vuestra infeliz madre no murió. Esta madre te quiere con una locura indecible... He aquí esta madre dichosa.

Norna abrazó al joven tiernamente y derramó copiosas lágrimas. Sorprendido ante este hecho, Mordaunt pensó que la pobre mujer había perdido el juicio, por lo que trató de tranquilizarla.

—Hijo ingrato —exclamó ella—. ¿Quién sino una madre te habría velado de esta manera? Tú eras muy joven aún, pero la voz de la naturaleza gritaba en mi corazón que eras sangre de mi sangre. Recuerda tu sorpresa cuando me encontrabas frecuentemente en los lugares donde solías ir a pasear. ¿No soy yo quien colgó de tu cuello, para tu seguridad, esta cadena de oro de nuestros antepasados? Por ti, hijo querido, he extendido mi poder a donde madre alguna hubiera podido pensar sin estremecerse.

Considerando el joven que la imaginación de Norna se extraviaba por momentos, creyó prudente darle una respuesta que de momento la calmase y evitara aquellos exagerados transportes.

—Mi querida Norna, muchas razones son éstas para poder llamar madre a quien tanto ha velado por mí. Siempre habrá en mis entrañas el afecto y la consideración de un hijo. Pero sabed que la cadena que me regalasteis no la llevo al cuello ni la he vuelto a ver desde que fui herido.

—Yo misma os la quité para ponerla al cuello de la mujer que amáis, con el fin de que vuestra unión se realice.

—Eso es imposible, pues su padre no consentirá que se case con un extranjero que además no es tan rico como él.

—Es tu sangre más noble que la suya, pues desciendes de los mismos reyes del mar, ya que mi matrimonio se realizó según los antiguos ritos de los norsas. Mi hijo no fue infame al nacer.

—Insisto en que Magnus Troil jamás permitirá que me case con Brenda.

—¿Quién habla de Brenda? Estoy hablando de Minna.

—Pero yo amo a Brenda...

—No es posible, hijo mío, que prefiráis a una joven apagada y débil. Por las venas de Minna corre la fuerza de los norsas, de los reyes y condes del mar.

—Yo la prefiero a ella.

—¡No te atrevas a contradecirme! Brenda es una buena chica, pero yo deseo a alguien más fuerte para ti.

—De todos modos, Minna ama a Cleveland.

—Cleveland no se atrevería a disputarte su mano. Cuando llegó a la isla, le dije que Minna estaba prometida contigo y destinada a ti. No se atreverá a contradecirme, pues conoce mi poder.

Satisfecha por esta declaración, Norna no volvió a hablar del asunto.

Mordaunt pasaba los días paseando por la playa. Planeaba abandonar la isla en cuanto se encontrase bien, pero no veía la forma de hacerlo sin la ayuda de Norna.

Al fin se dejó convencer por la mujer para que le acompañara a las Orcadas el día de la feria, pues era aquél el único medio de escapar del aislamiento en el que se veía.

Mientras tanto, Cleveland llegó al buque del capitán Goffe y fue recibido con gran entusiasmo por la tripulación. Después de saludar a unos y a otros, fue conducido a presencia del capitán, quien escuchaba con desagrado las exclamaciones de júbilo de su tripulación ante la llegada del capitán Cleveland.

Miráronse ambos capitanes corsarios en silencio y sus partidarios se apiñaron en torno de uno y otro. Los más viejos rodearon a Goffe, mientras que los jóvenes se habían decidido por Cleveland y Bunce.

—El naufragio de vuestro barco —dijo Goffe rompiendo el silencio— os convierte en un subordinado a mis órdenes.

—Sólo deseo una chalupa para desembarcar en otra isla, pues no quiero mandaros ni ser mandado por vos.

—¿Y por qué no habéis de servir a mis órdenes? ¿Tan gran señor os creéis?

—No sois un capitán digno de ser obedecido.

Goffe lanzó un bufido y miró a Cleveland con odio. Los partidarios de uno y otro hombre comenzaron a gritar. Bunce, imponiendo silencio, exclamó:

—Ya que la tripulación está dividida, propongo que realicemos un consejo y llevemos a cabo una votación.

Todos acogieron la proposición con alegría. El consejo permitía a un simple marino tener los mismos derechos de voto que su capitán, y además estas reuniones se celebraban en medio de grandes corrientes de aguardientes, con lo cual nadie se negaba nunca a llevarlas a cabo.

Antes de que los hombres se emborracharan en exceso, dio comienzo la votación. Cleveland fue elegido capitán por amplio margen, pero él se negó a aceptar el cargo con estas palabras:

—Supongo que no me nombraréis capitán sin mi consentimiento.

—¿Cómo no? —repuso Bunce—. Es por el bien de todos.

—De acuerdo, pero después de sacar el buque de aquí, me veré...

Los gritos de júbilo de la tripulación cortaron la alocución de protesta de Cleveland, quien no tuvo más remedio que dejar sus quejas para ocasión más propicia.

Fiel al compromiso que había adquirido con sus hombres, Cleveland mandó botar una chalupa que le condujera a Kirckwall, haciéndose acompañar de doce hombres, elegidos entre los más fuertes y decididos. Goffe también le acompañaba, pues Cleveland temía que, si quedaba fuera de su alcance, pudiera amotinar a los hombres valiéndose de tretas y estratagemas. Quedó Bunce al mando del barco y la chalupa alcanzó la orilla del puerto de Kirckwall.

Los habitantes de la isla se habían dado cita en el puerto e iban en son de guerra, si bien permitieron que los marinos desembarcaran. Cleveland se encaró con ellos y les dijo:

—¿Qué queréis de mí y de mis hombres?

—No os conocemos —dijo uno de ellos—. Ese hombre era quien se llamaba a sí mismo capitán cuando venía a tierra.

El lugareño señaló a Goffe.

—Es mi lugarteniente —afirmó Cleveland— y me reemplaza en mi ausencia. Deseo hablar con el alcalde o con quien mande entre vuestros magistrados.

—Están todos en la junta.

—¿Dónde es?

—En el Ayuntamiento.

Cleveland se abrió paso entre la multitud, que se retiró por temor a enfrentarse con unos hombres fuertes y bien armados.

Se dirigieron los piratas al Ayuntamiento y penetraron en la sala donde se celebraba la junta de los magistrados, quienes, ante semejante intromisión, se miraron entre sí con inquietud.

—Buenos días, señores —saludó el capitán—. Aquí estoy para tratar de cómo proveer de agua a mi navío, pues de lo contrario no podremos zarpar.

Las malas artes de Goffe habían conducido a la tripulación a esta situación tan desesperada.

—¿Vuestro navío? —inquirió el presidente de los magistrados—. ¿Cómo sabemos nosotros que sois vos su capitán?

—Habréis de confiar en mi palabra.

—Puesto que sois el capitán de ese buque, decid cuál es su procedencia y cuál es su destino. Sabemos que no pertenecéis a la marina inglesa.

—Nada os importa cuál es nuestro pabellón.

—Conozco bien a la gente como vos, capitán. No deseo escucharos.

—Tendréis que escucharme, señor, si no queréis que vuestros convecinos pasen unos días desagradables. Mi gente no tiene buen humor cuando se enfada.

Alarmado por esta advertencia, el presidente dijo:

—¿Qué queréis exactamente?

Cleveland le indicó que se retiraran ambos a una habitación cercana. Cuando estuvieron al abrigo de las demás miradas, el capitán dijo:

—Supongamos por un momento que seamos lo que suponéis. ¿Qué vais a ganar reteniéndonos aquí? Ustedes desean que nos vayamos y nosotros deseamos irnos. Proveednos, pues, de lo necesario para salir del puerto y asunto concluido.

—Puedo daros lo que me pedís, mas no podréis escapar —replicó el presidente—. La fragata *Alcyon* está a punto de llegar y os dará caza sin dificultad.

—En ese caso, hagamos el trato cuanto antes.

—Hay otro inconveniente.

—¿Cuál es?

—Si el capitán del *Alcyon* sabe que os he ayudado a escapar, recibiré el justo castigo.

—Ahora os comprendo. Está bien, pero suponed que llevamos el navío hasta la rada de Stromness. Allí podéis enviar todo lo necesario sin que pueda deducirse que vos o la ciudad han intervenido en el asunto.

—Necesito la garantía de que no devastaréis la ciudad.

—Yo también necesito garantías por vuestra parte, señor. ¿Qué os parece si me retenéis como rehén y uno de los magistrados es guardado como tal en nuestro barco?

—Tendré que consultarlo con mis compañeros.

El presidente se reunió con los magistrados y les expuso lo que acontecía. Después de muchas vacilaciones, decidieron aceptar el plan de Cleveland, pero el presidente impuso una condición.

—Ya que todos nosotros debemos permanecer en la ciudad, a fin de no despertar sospechas —dijo—, será menester que os acompañe como rehén el ciudadano Triptolemo Yellowley.

—¿Triptolemo? —se extrañó Cleveland—. ¿Qué hace aquí?

—El señor Yellowley es nuestro delegado en la isla de Main-Land y se encuentra en Kirckwall para asistir a la feria. Justo me parece el canje.

No le quedó a Cleveland más remedio que aceptar. Se hizo venir a Triptolemo, a quien tampoco le quedaba alternativa ante las órdenes de su superior, y se decidió llevar adelante el plan.

Los hombres de Cleveland regresaron al navío con los mandatos y disposiciones pertinentes, y el capitán quedó en tierra como rehén.

Poco antes de llegar al puerto, Triptolemo alcanzó un acuerdo con Goffe. A cambio de una suma de dinero que llevaba encima, Goffe accedió a dejarle en libertad, pues no tenía ningún interés en llevarle a bordo.

Bunce recibió con desagrado la noticia de que Cleveland se había quedado como rehén, mas no tuvo otro remedio que aceptarlo. Esperando que se le presentara una ocasión más propicia, aceptó que se creara un consejo de mando provisional integrado por Goffe, Hawkins y él mismo.

Una vez aceptadas estas medidas, se levaron anclas y se dieron a la vela en dirección a su punto de destino.

Ya en alta mar, la tripulación corsaria divisó a lo lejos un barco que se dirigía a Kirckwall. Éste no era otro que el navío en el que Magnus Troil, sus hijas, Claudio Halcro y otros habitantes de la isla de Main-Land viajaban con dirección a la feria de Kirckwall.

Alarmados ante la presencia de un barco que no portaba bandera alguna, Magnus Troil y sus acompañantes observaron con atención las evoluciones del navío.

El barco pirata se acercó al de Troil a gran velocidad y le disparó dos cañonazos de advertencia. Magnus tomó una bocina y preguntó al capitán enemigo quién era y qué motivo tenía para aquel acto de hostilidad, no habiendo provocación por su parte.

—Arriad la bandera —le respondieron—, cargad la vela mayor y sabréis quiénes somos.

Como no había otro medio de evitar una andanada que obedecer aquellas órdenes, Magnus Troil obedeció. El barco enemigo echó al mar una chalupa y embarcaron en ella seis hombres armados al mando de Jack Bunce.

# Capítulo XVI

Bunce y sus hombres saltaron a bordo del barco del Troil y, sacando sus sables, declararon que tomaban posesión del navío.

—¿Con qué derecho me detenéis en medio del mar? —preguntó Troil a Bunce.

—Aquí tenéis media docena de atribuciones —dijo Bunce mirando a sus hombres.

—Esto quiere decir que intentaréis despojarnos —afirmó Magnus—. En ese caso, no podemos defendernos. Tomad cuanto os convenga, pero respetad a las mujeres.

—Siempre las hemos respetado —dijo un corsario socarronamente.

El pirata tomó a Brenda por la cintura y añadió:

—¡Vive el Cielo que haría de vos una bellísima corsaria!

—¡Suéltala! —gritó Bunce.

El corsario obedeció de mala gana a su superior. Jack Bunce, recordando la conversación con su amigo el capitán, dijo de pronto:

—Decidme cuál de vosotras lleva ese pagano nombre de Minna, hacia el cual siento especial veneración.

Nadie respondió.

—No habéis de temer —insistió Bunce—. Sólo deseo saber a quién de vosotras le gustaría vivir con un pirata.

Las hermanas palidecieron, estrechándose la una contra la otra.

—Os repito que no debéis asustaros. Si no he comprendido mal, una de vosotras conoce al capitán Cleveland, el pirata.

La palidez de Brenda fue aún más intensa. Al oír el nombre de su amante tan de improviso, el color subió de pronto a las mejillas de Minna.

—Ya sé quién es —exclamó Bunce— y obraré de acuerdo con ello.

El corsario se dirigió luego a Magnus Troil y añadió:

—No temáis. Vuestras hijas volverán a tierra sin que les toque un cabello.

—Si me aseguráis eso —dijo Troil—, os ofrezco este buque y su cargamento con tanto placer como he ofrecido siempre un vaso de ponche.

—No me vendría mal un vaso de ponche en este momento —afirmó Bunce.

—Si permitís que mis hijas bajen al entrepuente y hagan subir lo necesario —dijo Troil—, tomaremos la bebida aquí en cubierta con total tranquilidad.

—No es justo que nos veamos privados de la contemplación de tan bellas damas —protestó uno de los hombres de Bunce.

Éste le miró altanero y exclamó:

—Se hará como ha dispuesto su padre. Señor Troil, ordene al piloto que inicie la maniobra para que el buque prosiga su ruta mientras nos entregamos al esparcimiento.

El navío se dio a la vela según las nuevas órdenes de Bunce. Ya no iba en dirección a Kirckwall, sino en dirección a una rada llamada la bahía de Yuganess, situada a dos o tres millas de la capital de las Orcadas. Allí podrían anclar cómodamente ambos bajeles mientras tenían las comunicaciones necesarias los piratas con los magistrados de Kirckwall.

Entre tanto, Claudio Halcro agotó toda su habilidad en preparar a los corsarios una gran cubeta de ponche, bebiendo éstos a grandes vasos.

Magnus, que temía que el alcohol excitase las bajas pasiones de unos hombres sin escrúpulos, manifestó sus temores a Bunce, que parecía el más sociable de toda la banda.

—Mejor será que no se emborrachen —aceptó éste—. Cantaremos canciones marineras para proseguir el entretenimiento.

Los corsarios se sintieron satisfechos con la orden de entonar los cánticos ante la distinguida concurrencia, y uno de ellos inició el recital con voz potente, siendo acompañado después por el resto de sus camaradas.

Mientras los piratas se entregaban al esparcimiento, Bunce siguió hablando con Troil.

—¿Ves cómo les manejo? —le dijo satisfecho—. Si uno se hace de miel con estos bellacos, se vuelven rebeldes y alborotadores toda la vida. Pero yo les ato corto y así me son fieles como los perros a sus amos después que les han sacudido.

Respondió Magnus con algunas evasivas y el corsario, al cabo de un rato, prefirió unirse a sus hombres y sus cánticos.

—Esta gente son unos bribones de siete suelas —murmuró Magnus Troil a Claudio Halcro—. Pero, a pesar de todo, yo no estaría asustado de no ser por mis hijas. Ese joven que les manda y que se da tanta importancia no es tan endiablado como parece o como quiere hacernos creer.

El buque llegó por fin al lugar señalado como su punto de destino y Bunce dijo a Troil:

—Para que comprendáis la razón de vuestro apresamiento, os voy a leer la carta que enviaré a los magistrados de Kirckwall. Dice así:

*«Señores magistrados:*

*Ya que, faltando a vuestra palabra, no nos habéis enviado un rehén a cambio de nuestro capitán, hemos capturado un buque que traslada a una distinguida familia. La mencionada familia recibirá en todos los sentidos el mismo trato que nuestro capitán. Somos gente de palabra. Si faltáis a lo convenido, éste será nuestro primer acto de hostilidad, pero no el último.»*

Cuando terminó de leer, Bunce añadió:

—Ahora, señor Troil, me gustaría que escribiera usted unas palabras diciendo que les hemos tratado bien.

Claudio Halcro se encargó de cumplimentar la orden, explicando que habían recibido buen trato, pero que temían lo peor si los magistrados no atendían sus indicaciones.

Bunce leyó la carta y no le pareció mal. Después dijo:

—El señor Halcro llevará la carta a los magistrados. He decidido que él y las dos mujeres desembarquen en compañía de Fletcher, que es uno de mis hombres más honrados. Así los magistrados tratarán con más cuidado al capitán Cleveland. Si tocan uno solo de sus cabellos, se las verán conmigo.

Brenda y Minna se negaron en un principio a abandonar a su padre, pero éste las convenció diciéndoles:

—Marchad en nombre del cielo, hijas queridas. Este buen muchacho se encargará de cumplir su promesa.

Bunce se conmovió al oírse llamar de semejante modo. Algo en su interior le impulsó a sentir compasión por aquellas gentes. Por otro lado, si las mujeres sufrían un mal trato por parte de Fletcher, el capitán Cleveland jamás se lo perdonaría, de modo que entregó a Claudio Halcro una pequeña pistola de dos cañones por si necesitaba usarla contra el corsario. Como la mano del poeta se mostraba temblorosa, Minna exclamó:

—Dadme a mí esta pistola y confiad en mí, señor. Yo sabré defenderme y cuidar de mi hermana.

—¡Bravo! —dijo Bunce—. Eso es hablar como digna esposa de Cleveland, el príncipe de los piratas.

—¿Cleveland? Es la segunda vez que os oigo nombrarle. ¿Acaso le conocéis?

—¿Qué si le conozco? No habrá quien conozca mejor que yo al hombre más valiente y decidido que se vio jamás entre popa y proa. Espero que pronto vengáis a bordo como soberana de todos los mares. Yo seré vuestro fiel escudero. Si Fletcher se propasase con ustedes, no tiene más que usar el arma.

Bunce explicó a Minna el funcionamiento de la pistola y después ayudó a las dos mujeres a desembarcar.

La chalupa emprendió su camino en dirección a Kirckwall. Al cabo de un rato divisaron a lo lejos un pequeño destacamento de hombres armados que venían de Kirckwall y Fletcher decidió regresar él solo al barco de su capitán.

—Decid a vuestro jefe —le ordenó Minna antes de que partiese— que, sea cual sea la respuesta que reciba de los magistrados, no deje de llevar su navío a la rada de Stromness. Decidle que ancle allí y que envíe a tierra una chalupa para recibir al capitán Cleveland en cuanto vea que sale humo del puente de Broisgar.

Había tal dignidad en las palabras de la mujer, que el corsario la obedeció al punto y se marchó de regreso al barco.

Mientras Halcro y las dos hermanas se adelantaban hacia el destacamento que vieron en el camino de Kirckwall, Brenda preguntó:

—¿Quiénes podrán ser?

—Una patrulla de milicianos —respondió Halcro—. Vigilan las incursiones de los piratas en el país.

Los milicianos atendieron a los liberados y, escuchando sus indicaciones, les escoltaron hasta la ciudad.

Una vez en Kirckwall, tuvieron ocasión de exponer la situación al presidente de los magistrados, quien, tras escuchar sus explicaciones, exclamó:

—La fragata *Alcyon* se halla en la costa y se la ha divisado a la altura del promontorio de Dunscansbay. Respeto mucho al señor Troil, pero me expondría a una gran responsabilidad si soltase de la cárcel al capitán de semejante buque para velar por la seguridad de un particular. No puedo dejar libre al capitán Cleveland, pues en su atrevimiento es capaz de todo.

—Querréis decir su valentía —repuso Minna con enojo, incapaz de controlar sus sentimientos.

—Llamadlo como queráis, señorita Troil.

—No podéis dejar allí a nuestro padre —suplicó Brenda—. Ellos le matarían.

El presidente quedó pensativo. Claudio Halcro tuvo una idea y la expuso como último recurso.

—No os pido que libertéis al capitán —dijo—. El carcelero puede olvidarse de echar un cerrojo, por ejemplo.

—Lo pensaré —aceptó el presidente—. Mientras tanto, podéis alojaros en mi casa.

Minna le miró altanera y repuso:

—Gracias, pero preferimos hacerlo en casa de una de nuestras parientes que vive en la ciudad.

—Como deseen —dijo el presidente—. Ahora, si me disculpan, he de ocuparme de un asunto pendiente que concierne a un convecino de ustedes: el señor Mertoun.

—¿Qué le ocurre al señor Mertoun? —preguntó Brenda con preocupación.

—Al parecer ha presentado una querella contra un comerciante llamado Bryce, pues le acusa de haber robado ciertas mercancías que él guardaba en su casa de acuerdo con un encargo recibido del propietario legítimo de esas mercancías. En fin, un asunto engorroso.

Brenda se tranquilizó bastante al escuchar estas palabras, ya que pensó que hacían referencia al señor Basil Mertoun. Pero Minna, que seguía obsesionada con el recuerdo de Cleveland, preguntó al presidente de los magistrados:

—¿Y no teme que el capitán Cleveland escape de la cárcel?

—No se encuentra en la cárcel, señorita. Está aparentemente libre, pero le vigilan rigurosamente gentes armadas, con el encargo de detenerle por la fuerza si se atreve a traspasar los estrechos límites que se le han señalado.

—¿Y dónde se encuentra entonces? —inquirió Minna.

—En un lugar conocido como el Castillo del Rey. Allí permanece por las noches y parte del día. También pasea por las naves de la catedral de San Magnus, pues parece ser que prefiere la soledad.

El presidente dio por terminada la conversación y las dos mujeres, acompañadas por Halcro, abandonaron la estancia con la misma rapidez con que la habían invadido.

Clemente Cleveland prefería, en efecto, la soledad al bullicio. La catedral era un lugar propicio para llevar a cabo sus reflexiones, pues deseaba poner orden en sus pensamientos. En aquellas frías y solitarias naves, lejos de las miradas curiosas de la población, el capitán Cleveland pensaba en su pasado, lleno de aventuras, odio, muerte y marginación, y pensaba también en un futuro que se mostraba incierto ante sus ojos.

El capitán Cleveland pensaba en su pasado y en su futuro, y no veía relación entre ambos, aunque un hombre se introducía constantemente en sus reflexiones y era la causa de que su ayer y su mañana le atormentaran de modo tan evidente.

—No volveré a verla —pensaba Cleveland—. Puede que muera y nunca más podré tenerla junto a mí.

Paseaba el capitán por las naves de la catedral, sumido en estos tristes pensamientos, cuando sus ojos le mostraron la figura de una mujer que no sabía muy bien si era real.

—¡Minna! —exclamó el capitán con sorpresa inaudita.

Minna Troil estaba frente a él. Su semblante aparecía mortalmente pálido y su cabello, siempre bien peinado, se mostraba en desorden, pero su mirada era firme y serena.

La joven impuso silencio al hombre levantando un dedo. Después le dijo en voz baja y con tono de autoridad:

—Sed prudente, pues hay quien nos observa. Me ha costado mucho trabajo entrar confundida con las gentes que acudían a la catedral, pero hay guardianes en la puerta y debemos tener precaución. ¡Oh, Cleveland, lo estoy arriesgando todo por salvaros!

—¡Ay, Minna mía! ¡Por salvarme! Es imposible salvarme. Me contento con haberos visto, porque así podré daros el adiós eterno.

—Desgraciadamente, es cierto. Vuestros crímenes y vuestro pasado nos han separado para siempre, pues he visto a vuestros compañeros y ya no puedo engañarme sobre lo que es un pirata.

—¿Habéis caído en su poder? —preguntó Cleveland, estremeciéndose de despecho—. ¿Se han atrevido los malvados...?

—No, no se han atrevido a nada. Un tal Bunce contuvo a esos bandidos. Pero escuchadme ahora, pues no tenemos tiempo que perder. Vuestra seguridad y la de mi padre exigen que quedéis en libertad lo antes posible. He concebido un plan que dará buen resultado.

Cleveland miró a la mujer con ternura y admiración. Ella, su fiel Minna, iba a ser quien le salvara a él, el terrible corsario de los mares.

# Capítulo XVII

Minna procedió a explicar a Cleveland el plan que había forjado para conseguir su liberación.

—El día ha caído —le dijo—. Envolveos en este manto y pasaréis sin peligro entre vuestros guardianes, pues les he dado algo para que se diviertan y no piensen en más. Id luego a la orilla del lago Stennis y ocultaos allí hasta que amanezca. Entonces enceded en el puente de Broisgar un fuego que humee mucho en el lugar en que la tierra divide al lago en dos partes. Vuestro buque, que no se halla lejos, os enviará un bote.

—Aunque este proyecto saliera bien, Minna, ¿qué será de vos?

—La pureza de mis intenciones me justificará ante Dios de la parte que he tomado en vuestra evasión, y ante el mundo la excusa será la salvación de mi padre, cuyo destino depende del vuestro.

A continuación Minna relató a Cleveland la historia del secuestro.

—Es preciso liberar a vuestro padre —dijo Cleveland—. Vamos, pues, a separarnos, pero espero que no sea para siempre.

—¡Para siempre! —repitió una voz que parecía salir del fondo de los sepulcros.

El capitán y Minna observaron estupefactos a la portadora de esta voz, que no era otra que Norna de Fitful-Head.

—Para siempre —repitió Norna saliendo de detrás de una de las columnas de la catedral—. Os habéis encontrado aquí, pero es por última vez.

—¡No! —gritó el capitán—. Mientras viva, sólo Minna podrá decretar nuestra separación.

—Renunciad a tan necias locuras —exclamó la anciana—, pues es cierto cuanto digo.

—¿Acaso me contáis entre los insensatos que veneran vuestro pretendido poder?

—El insensato sois vos, capitán, si pretendéis huir de acuerdo con este plan descabellado. Yo soy quien ha de salvaros, pero a cambio habréis de renunciar para siempre a estas aguas y llevar a otros países el terror de vuestra bandera negra.

—Obedecedla —exclamó Minna—, os lo ruego.

Cleveland tomó su mano y, cubriéndola de ansiosos besos, le dijo:

—Adiós, Minna, pero no para siempre.

La mujer salió de la catedral. Cuando volvió la cabeza para mirar a Norna y al pirata, ambos habían desaparecido.

Minna regresó a la casa donde se hallaba alojada y comunicó a su hermana lo sucedido. Poco después llegó Claudio Halcro y les dijo:

—Los magistrados se han enterado de que Cleveland ha huido ayudado por vos y el presidente se dirige hacia aquí para interrogaros.

Cuando el magistrado estuvo en presencia de Minna, ésta no le ocultó el deseo que tenía de que Cleveland se escapase, pues deseaba ver libre a su padre.

—Pero no he participado en su fuga —añadió.

—Sabemos —dijo el presidente— que la vieja Norna está en Kirckwall. Se la ha visto cerca de la catedral y no dudo que la huida del pirata tiene mucho que ver con ella.

—Preguntad entonces a ella —dijo Minna.

—Señorita Troil, no tengo intención de volver a detener al pirata Cleveland. Lo único que deseo es que se vaya cuanto antes de aquí, pues no deseo complicaciones con mis superiores.

—¿Qué queréis entonces?

—Quiero que vayáis al castillo de Stennis y recibáis a vuestro padre en cuanto desembarque. Habréis de comunicarle vuestros deseos de modo que el señor Troil emplee todo su valimiento para conseguir que el señor Cleveland abandone el país.

—Así lo haremos —repuso Minna.

El presidente se despidió amablemente y Minna y Brenda decidieron visitar al día siguiente el castillo de Stennis en compañía de Halcro.

Mientras tanto, valiéndose del conocimiento adquirido sobre salidas secretas en los muros de los edificios de Kirckwall, Norna había guiado al capitán por pasadizos y escaleras hasta llegar a una sala de miserable aspecto que recibía la luz por una ventana enrejada.

En uno de los rincones se hallaba un hombre con aspecto de sacristán o enterrador. Al ver a Norna, el hombre la saludó respetuoso. La anciana le dijo:

—Sed fiel y guardaos de manifestar a ningún mortal el camino secreto del santuario.

El sepulturero inclinó la cabeza en señal de sumisión y recogió el dinero que Norna le entregaba. Después dijo:

—Fuera aguardan los caballos.

Norna y el pirata salieron a un jardincillo y de ahí pasaron por varias callejuelas desiertas hasta llegar a una casona más miserable que la anterior.

—Es necesario que permanezcáis aquí hasta que amanezca —dijo Norna—. Después podrán ver vuestra señal desde el buque.

—Os agradezco cuanto hacéis por mí —repuso el pirata.

—El agradecimiento no es más que una palabra.

—¿Qué queréis entonces?

—Que me prometáis que no veréis jamás a Minna Troil y que os alejaréis de nuestras costas antes de veinticuatro horas.

—Es imposible que pueda abastecer a mi buque en tan corto espacio de tiempo.

—Yo me encargo de ello. Pero debéis iros de aquí. Habéis traído desgracias a mis gentes. No debí permitir que Mordaunt Mertoun os salvara en la playa, pues incluso a él habéis llegado a calumniarle...

—Nunca le calumnié.

—Pero no dudasteis en emplear la punta de vuestro puñal contra un joven que os había salvado la vida.

—Convengo en que obré mal, pero le daré cuantas satisfacciones desee.

—Sois orgulloso, Cleveland, y a mí no me engañáis.

—Es vuestra opinión. Pero, decidme, ¿por qué queréis que parta de aquí sin Minna?

—Minna está destinada a Mordaunt Mertoun.

—¡Jamás se casará con él mientras yo viva!

—Poco tiempo de vida os queda si no hacéis lo que os digo. El *Alcyon* está a punto de llegar.

—No temo a nadie, os lo aseguro, y lucharé contra quien sea preciso para recuperar el amor de Minna.

—¡Insensato!

Cleveland miró a Norna con tristeza y exclamó:

—No peleemos más. Os debo la vida y deseo agradeceros el favor.

El pirata sacó de su bolsillo una pequeña cajita de plata y se la dio a Norna diciendo:

—Aceptad esto en prueba de mi gratitud eterna.

La anciana aceptó el obsequio y exclamó:

—Ahora he de dejaros. Recordad mis indicaciones y cumplidlas al pie de la letra.

—Id con Dios.

Y ella salió echándole una mirada tan dolorosa como descontenta. El pirata se quedó pensativo, pues el odio inicial de la mujer se había transformado en una especie de intranquilidad y preocupante serenidad.

La noche transcurrió rápida. Al amanecer, Cleveland se dirigió al lugar acordado y encendió una hoguera. Al cabo de un rato llegó hasta él una chalupa a bordo de la cual venían varios de sus hombres, comandados por el fiel Bunce.

—¡Qué alegría volver a veros! —dijo éste.

Los dos hombres se abrazaron emocionados. De regreso a la nave corsaria, Cleveland hizo saber al señor Troil que quedaba en libertad.

—Os lo agradezco —repuso Troil—. Mas habéis de saber que de ahora en adelante no deseo ser amigo vuestro. No me gusta el ruido de los cañonazos en el mar, y mucho menos cuando van dirigidos contra mí, mi familia y mis amigos.

Con estas palabras abandonó Magnus Troil el barco corsario y se dirigió al suyo, en el que emprendió el camino que se había visto interrumpido de modo tan sorprendente.

Horas después llegaron al navío diversas barcas con provisiones para la tripulación. Los piratas trabajaban de buena gana, pues todos, a excepción de Cleveland, deseaban alejarse cuanto antes de aquellas costas.

El capitán se paseaba mientras tanto sobre cubierta, sumido en sus tristes meditaciones.

—¿Qué ganaría quedándome aquí? —pensaba Cleveland—. Norna hablaba en serio cuando me amenazó y, además, ¿qué posibilidades tengo de volver a ver a Minna? No puedo regresar a Kirckwall.

Cuando las provisiones estuvieron a bordo, Cleveland llamó a Bunce y le dijo:

—Dejo el barco a tus órdenes.

—¿Cómo es eso, capitán?

—Quedas al mando, pues yo he de regresar a Stromness.

—¡Vive el Cielo que he de impedirlo!

—¿Quién eres tú para hacer tal cosa? —repuso Cleveland furioso.

—Un hombre que vela por un amigo que está a punto de cometer una estupidez en nombre del amor.

Cleveland no dijo nada. Aprovechando este silencio, Bunce añadió:

—Tengo una buena noticia para vos.

—¿De qué se trata?

—Los pescadores se empeñan en no cobrar su trabajo ni las provisiones que han traído.

—¿A qué se debe?

—Según dicen, el señor Troil, satisfecho del trato recibido por sus hijas y en agradecimiento a vos, se ha hecho cargo de los pagos.

—¿Está Troil en Stromness?

—Así parece.

—¿No se ha dirigido, por tanto, a Kirckwall? —preguntó extrañado el capitán.

—Creo que una vieja hechicera le condujo hasta Stromness.

—Entonces sus hijas...

Bunce, adivinando el curso de los pensamientos de su amigo, no dijo nada.

—Si Troil está en Stromness —añadió el pirata—, Minna y Brenda estarán con él.

—Adivino vuestros pensamientos, mas no permitiré que vayáis allí.

—He de verla.

Cleveland ya no atendía a razones.

—He de verla —prosiguió—. Pediré perdón y pagaré por mis culpas.

—¿Estáis loco? ¡No lo consentiré!

—Pero mi querido Jack...

—Vuestro querido Jack no permitirá que os ahorquen.

El deseo de ver a Minna una vez más ahogaba en Cleveland todos los razonamientos. Reflexionó unos instantes y exclamó:

—Iré a tierra un instante, pretextando el pago de las provisiones.

—Habláis como un niño —dijo Bunce alarmado.

—Es menester que la vea, que sepa algo de ella.

Bunce pareció meditar.

—Se me está ocurriendo algo —dijo.

—¿Qué es? —dijo el pirata con decisión.

—Iré yo a tierra con esa excusa que habéis dicho. Vos me entregaréis una nota para Minna Troil y se la daré en vuestro nombre.

—No puedo permitir que corras peligro por mí, amigo.

Cleveland no tenía otra alternativa. Escribió al punto una carta para su amada, refugiado en la soledad de su camarote.

Mientras tanto, Bunce puso en marcha un nuevo plan. Acercóse al puente de mando y encontró allí a Fletcher y a Hawkins, a quienes dijo:

—Tal parece que nuestro capitán está enamorado.

—No lo creo, señor —repuso Fletcher—. Al capitán jamás le importaron las mujeres más que como sano esparcimiento. Nuestro capitán es todo un hombre.

—Pues es todo un hombre que se ha enamorado.

—¿Es cierto? —preguntó Hawkins con interés y extrañeza.

—Cierto es. Lo malo es que su enamoramiento puede costarnos muy caro, pues no desea partir hasta ver a su amada, y el *Alcyon* está a punto de llegar.

—¡Cielos! —exclamó Hawkins.

—¡Cáspita! —dijo Fletcher.

—Vuestra elocuencia me demuestra que habéis comprendido mis palabras —se burló Bunce—. Es necesario usar de alguna sana violencia para que nuestro querido capitán recupere la razón.

—¿Qué sana violencia es ésa? —preguntó Hawkins.

—Ya sabéis que es fiero como un león y que no hará nada que no sea a su capricho. Yo iré a tierra y acordaré una cita con la muchacha. Cuando ambos se encuentren, me echaré sobre ambos con la ayuda de varios leales y les traeremos a bordo por la fuerza si es preciso.

—Parece una buena idea.

—Eso parece.

—Bien —dijo Bunce—, entonces ya sabéis lo que ha de hacerse. Estad preparados para atender mis órdenes.

—Estaremos preparados.

Bunce dejó a los dos hombres y fue en busca del capitán. El plan implicaba algunos riesgos, pues no eran ni Fletcher ni Hawkins hombres de su entera confianza, pero Bunce sabía que preferían obedecer a Cleveland en lugar de verse en las inexpertas manos de Goffe y sus secuaces, pues a estas alturas estaba demostrado que, por culpa de Goffe y su mala cabeza como capitán, habían sufrido tantos retrasos en el aprovisionamiento del navío.

Con estas consideraciones se dirigió Bunce al camarote de su amigo y superior. Cuando todo estuvo dispuesto, mandó botar una chalupa y subió a bordo, presto a cumplir la primera parte de su arriesgado plan.

Jack Bunce desembarcó a unos cien pasos de la fortaleza de Stennis. Cuando llegó frente a ella vio que se habían preparado a toda prisa para defenderla, pues había cañones de marina y muchos hombres custodiando puertas, ventanas y corredores.

—¡Cielos! —pensó—. Creo que me lo van a poner difícil.

Avanzó hacia la puerta de la fortaleza y se dispuso a entrar.

# Capítulo XVIII

Varios oficiales cortaron el paso a Bunce a la entrada de la fortaleza de Stennis. Le aconsejaron que siguiera su camino y se negaron a dejarle el paso franco.

Como él insistiese en hablar con alguien del castillo para tratar de un asunto de vital importancia, un oficial decidió al fin llamar a Claudio Halcro para que resolviese la situación.

—Seguid mi consejo y ocupaos de lo que os importe —le recomendó el poeta cuando estuvo frente a Bunce—. Marchar o decidme en dos palabras lo que queréis, porque contamos con bastante fuerza para defendernos, además de la ayuda de un puñado de hombres valerosos como el bueno de Mordaunt Mertoun, a quien vuestro capitán intentó asesinar vilmente.

—Lo único que hizo fue sacarle un poco de mala sangre —se burló Bunce.

—No necesitamos nosotros tales sangradores, y como el paciente va a tocarnos más de cerca de lo que os podéis imaginar, debéis convencer a vuestro capitán de que aquí se le verá con poquísimo agrado.

—¿Y si yo trajese el dinero para pagar los víveres?

—Pues guardadlo hasta que alguien os lo pida, que hay dos clases de malos pagadores: unos que quieren pagar demasiado pronto y otros que no quisieran pagar nunca.

—Permitidme, por lo menos, que exprese el agradecimiento a quien nos hizo el beneficio.

—Os repito que no es posible.

—Entonces hacedme un favor. Tengo aquí un papelito
para la señorita Minna. Es una nota de despedida de Cleveland, de modo que no os negaréis a hacérselo llegar.

El poeta, más conmovido por los asuntos del corazón
que por los del bolsillo, cambió de expresión y dijo:

—¿Contiene versos esa nota?

—Va llena de sonetos y elegías.

—En ese caso, no seré yo quien niegue el consuelo a un
corazón afligido por el amor.

—Preciso es que se la deis en secreto.

—¿Me vais a enseñar a mí cómo se dan semejantes
misivas?

—Quedad con Dios, camarada.

El pirata volvió a su barco con el encargo cumplido. El
castillo de Stennis se había convertido en la fortaleza de la
familia y amigos de Magnus Troil. Allí llegó Mordaunt al
mando de un pequeño destacamento que Norna le había
confiado, y no le costó demasiado convencer al señor Troil
de que las acusaciones que contra él había vertido el buhonero Bryce eran una calumnia completa.

Esa noche, tras la partida de Bunce del castillo, Mordaunt
dispuso la guardia y se quedó dormido en una de las habitaciones. Sintió que una mano tiraba de la capa en que se
embozaba y exclamó:

—¿Salió ya el sol?

Los primeros rayos de la aurora comenzaban, en efecto,
a alumbrar el horizonte. Mordaunt miró al intruso y descubrió que se trataba de Brenda, quien le miraba pálida y
temblorosa:

—¿Qué ocurre? —preguntó Mordaunt.

—Es necesario que nos prestéis un servicio a mi hermana y a mí. Hemos de salir del castillo sin despertar a nadie, pues tenemos que ir al círculo de piedras de Stennis.

—¿Y a qué viene semejante antojo, querida Brenda?

—No es un antojo, Mordaunt. Va en ello la vida de Minna.

—No comprendo. ¿Para qué quiere ir allí?

—Debe hablar con Cleveland.

—¡Con Cleveland! Si ese maldito cae en mis manos, le mataré.

—Su muerte causaría la desesperación a Minna, y yo no podría mirar a los ojos a alguien que ha causado tal dolor a mi hermana.

—¡Pero eso es una locura! ¿Y vuestro honor? ¿Y vuestro deber?

—Sólo deseo lo mejor para Minna. No soportaría verla tan enferma como estos últimos meses.

—¿Confiáis en ese hombre?

—Dice que desea dar a Minna su último adiós. Sus palabras parecen sinceras y no creo que nos engañe.

—De acuerdo, pero sabed que lo hago por vos... Me pondré en el lugar del centinela y os dejaré pasar, y procurad que la entrevista no se prolongue.

—Os lo prometo.

Brenda fue en busca de Minna, y Mordaunt convenció al centinela. Las dos mujeres atravesaron el umbral y Mordaunt dirigió a su amada una mirada de ternura que fue plenamente correspondida. Llegaron las dos hermanas al lugar indicado para la cita y divisaron a lo lejos una barca llena de hombres armados que se acercaban a la orilla. Un hombre solo, envuelto en una gran capa, bajó a tierra y avanzó hacia ellas. Cuando estuvieron a la misma altura, Minna dijo a Cleveland:

—Hombre desventurado, vete en paz de este país y quiera el Cielo dirigirte por mejor senda que la que hasta ahora seguiste.

—Llegué a estas tierras sumido en las tinieblas, pero ahora me arrepiento de mi vida pasada. He sido educado en el error, pero vuestros sentimientos me han sacado de él.

—No os culpo, Cleveland, pero debéis partir.

—¿No me queda otra esperanza, Minna? ¿No puedo buscar el perdón, pagar mis culpas y atreverme a rogaros que me esperéis?

—No, Cleveland. Aquí nos separamos para siempre. Los dos enamorados se miraron en silencio, agobiados por el peso de sus penas. Bunce, que había caminado con sigilo hasta allí, se abalanzó sobre el capitán, venció su resistencia con ayuda de varios hombres y se llevó a su amigo de regreso a la chalupa. Minna y Brenda gritaron y procuraron escapar, pero Derrick se apoderó de la primera y Fletcher sujetó a la segunda.

Mordaunt, que no había dejado de otear el horizonte en estado de alerta, pues desconfiaba del capitán y de sus hombres, al oír los gritos de las mujeres ordenó a sus hombres que le siguieran.

Los soldados de Mertoun se abalanzaron sobre los piratas y entre todos se entabló una lucha a muerte. Cleveland logró escapar de las manos de Bunce, liberó a Minna de las garras de Derrick y le mató de un solo tiro.

Muertos algunos piratas en la lucha y liberadas las dos mujeres, Mordaunt trató de apresar al corsario, pero Cleveland le apuntó con su pistola y le dijo:

—Jamás equivoqué el tiro, amigo.

Después, con un movimiento que a Mordaunt pilló de sorpresa, el capitán arrojó sus armas.

—¿Os rendís? —le preguntó Mertoun.

—No me rindo a nadie, mas ya habéis visto que he tirado mis armas.

Los soldados se apoderaron de él, que no opuso resistencia, y Mordaunt prohibió que se le atase o maltratase. De esta manera los vencedores condujeron al capitán al castillo de Stennis, y allí le encerraron en un aposento a cuya puerta pusieron un centinela.

En el mismo aposento fueron introducidos Bunce y Fletcher, mientras que el resto de los piratas apresados fueron conducidos a una cueva.

Mientras la alegría embargaba a Magnus Troil al conocer la liberación de sus hijas, la tristeza reinaba en el aposento de los piratas.

—Nunca creí que fueras capaz de traicionarme —dijo Cleveland.

—Lo hice por amistad —replicó Bunce— y por conseguir vuestra felicidad.

Fletcher, que había sido herido en la contienda, se desangró lentamente hasta morir, en presencia de los dos hombres, que nada pudieron hacer por él.

Transcurridos unos instantes, se oyó un ruido de cañonazos en el exterior.

—¿Qué sucede? —preguntó Bunce.

—Me temo que nuestros muchachos se han encontrado de frente con el *Alcyon* —exclamó el capitán—. Ese idiota de Goffe se ha metido en la trampa.

Y así fue. Terminado el enfrentamiento y apresado el buque corsario, el comandante del *Alcyon* envió un destacamento a Stennis para pedir que le fuesen entregados los piratas que allí se encontraban, y de modo especial Cleveland y su lugarteniente Bunce.

Magnus Troil no pudo, a su pesar, rechazar la petición.

—Se le tratará dignamente —respondió el oficial que mandaba el destacamento al afligido señor Troil—. Cleveland será enviado a Londres y juzgado por el Almirantazgo.

Grande fue la alegría de la población de Kirckwall cuando vieron llegar a los piratas apresados por los marinos del *Alcyon*. Cleveland y Bunce iban los últimos y, a diferencia de sus compañeros, no llevaban cadenas.

La comitiva pasó por delante del viejo Basil Mertoun, que se hallaba en la ciudad para resolver la querella contra el buhonero Bryce. Los magistrados le habían devuelto el arca que era de su custodia y Mertoun había quedado profundamente sorprendido al revisar los documentos contenidos en la caja.

—He de ver a Norna —pensó—. Esto no puede quedar así.

Basil Mertoun buscó a la mujer por todas partes y al fin la encontró en una de las naves de la solitaria catedral. Avanzó hacia ella con paso decidido y le dijo:

—He de hablar contigo, Ulla Troil.

—No respondo a tal nombre —contestó la anciana.

—Responded al nombre que gustéis, pero necesito vuestra ayuda para salvar a nuestro hijo.

—A salvo está, Vaughan, y presto a casarse con una buena muchacha. Una madre no abandona a su criatura.

—¿Es cierto eso? ¿Ya no va con esa cuadrilla de asesinos? Probadme que se ha escapado y está seguro.

—Hombre de poca fe. Hace años que os he reconocido, pero no he querido presentarme ante vos sin tener la certeza de haber dominado el destino que amenazaba a mi hijo. Mas todo lo ha vencido mi ciencia. Sabed que nuestro hijo está a salvo. Yo misma le curé las heridas que le produjo el malvado Cleveland, quien ha de pagar con su vida esa ofensa.

Mertoun, que comenzaba a darse cuenta de lo que sucedía realmente, exclamó con voz de trueno:

—¿Quién es el que debe pagar con su vida sus crímenes?

—El pirata Cleveland.

—¡Miserable mujer! Causaste la muerte de tu padre y vas a causar la de tu hijo.

—¿Qué queréis decir? ¿De qué estáis hablando? Vuestro único hijo es Mordaunt, ¿no es cierto? Respondedme pronto.

—Mordaunt es mi hijo, pero no es el único. Vais a matar a nuestro hijo y mi vida acabará también.

—Desgraciado Vaughan, probadme que es verdad cuanto decís.

Basil Mertoun la miró con horror, mas no había tiempo que perder. Resuelto a salvar a su hijo, exclamó:

—Cuando hace veinticinco años salí de las Orcadas, llevé conmigo al infortunado niño que habíais dado a luz. Me lo envió uno de vuestros parientes, haciéndome saber que estabais muy mal y casi a punto de morir. No serviría de nada deciros el dolor que sentí. Me refugié en Santo Domingo, donde una bella y joven española me consoló de mis desgracias. Me casé con ella y tuvimos a Mordaunt.

—¡Os casasteis con ella!

—Sí, Ulla, pero ella se encargó de vengaros. Me fue infiel, y con su infidelidad me hizo dudar de la paternidad de Mordaunt. De todos modos, conseguí vengarme.

—¿La matasteis?

Mertoun no respondió a esta pregunta y prosiguió:

—Entonces abandoné Santo Domingo y me trasladé a la isla de la Tortuga. Tenía allí una casita y a ella llevé a mi hijo

Mordaunt, que contaba tres o cuatro años menos que Clemente. Yo me trasladé con Clemente a otro lugar de la isla y viví con él hasta que los españoles saquearon mis posesiones. Me hice pirata y di a Clemente el mismo y nefando oficio. Pronto llegó nuestro hijo a alcanzar el mando de un buque y así transcurrieron varios años. Mi tripulación se sublevó un día y me abandonó, dándome por muerto, en una isla desierta. Mas yo pude recuperarme y regresé a la civilización. Busqué información sobre Clemente y supe que también había sido abandonado por los suyos en una isla, por lo que supuse que estaría muerto.

—¿Y no fue así?

—Clemente había cambiado su nombre de Vaughan por el de Cleveland. De ese modo le perdí el rastro. Agobiado por la pena y el remordimiento, decidí ir a buscar a Mordaunt y llegar con él a este lugar apartado del mundo, donde he vivido todos estos años intentando olvidar.

Norna se rió en sus narices y exclamó:

—La historia está muy bien forjada por un viejo pirata para moverme a que emplee mi poder en socorrer a su compañero de fechorías. Mas, ¿cómo puedo tener yo a Cleveland por hijo mío mediando la diferencia de edad que pretendéis?

—Eso es una ilusión producida por su alta estatura y su tez morena.

—Dadme pruebas terminantes de que Cleveland es hijo mío, y antes de que puedan tocarle un solo cabello se pondrá el sol en Oriente.

Mertoun sacó su cartera y repuso:

—Si miráis estos papeles, no os quedará ninguna duda.

—Temo no poder leerlos, pues se me nubla la vista.

—Y supongo que no me creeréis si los leo yo en voz alta...

—Suponéis bien.

—Es una lástima —exclamó el viejo—. Clemente habría podido daros otras pruebas, pero los que le han apresado se habrán quedado con sus pertenencias. Entre otras cosas, tenía una cajita de plata con una inscripción que vos misma me habíais regalado en tiempos más felices.

—¡Una caja de plata! —exclamó precipitadamente Norna—. Cleveland me dio una caja de plata, pero no la he mirado bien.

La anciana sacó la cajita de su bolsillo interior y leyó con esfuerzo la inscripción de la tapa. Tras un instante de silencio, dijo:

—Por esta caja conozco que soy la asesina de mi padre y estoy a punto de convertirme en la asesina de mi hijo.

Alucinada por el peso de tan triste idea, Norna cayó desvanecida al pie de una columna. Mertoun pidió a gritos socorro y acudieron en su auxilio el padre y el sacristán.

Así, dejándola en buenas manos, salió apresuradamente de la iglesia para volar a enterarse de lo que había acontecido a su hijo.

# Capítulo XIX

Poco antes de la conversación mantenida entre Norna y Basil Mertoun-Vaughan, el comandante de la fragata *Alcyon* había sido recibido en Kirckwall por los magistrados, quienes le acogieron con grandes muestras de alegría.

El presidente le dijo:

—Doy gracias a la Providencia por habernos enviado a usted y a sus hombres.

—Más bien podéis estar agradecido al aviso que de vos mismo recibí —repuso el comandante.

—¿Un aviso mío? —exclamó sorprendido el presidente de los magistrados.

—Vuestro. ¿No sois el señor Jorge Torfe, primer magistrado de Kirckwall? ¿No fuisteis vos quien me envió esta carta?

Con creciente asombro el presidente cogió la carta. En ella se denunciaba la presencia de piratas en la costa y también se decía que llevaban a bordo un espléndido botín. Continuaba explicando que sería conveniente que el *Alcyon* navegase dos o tres días entre el promontorio de Duncambais y el cabo de Wrath, a fin de evitar el miedo que inspiraba a los piratas e infundirles seguridad para que llegaran a la bahía de Stromness, donde sería más fácil atraparles por sorpresa.

—No es mía esta carta —dijo el presidente—, ni mío es su estilo. Yo me hubiera guardado muy bien de aconsejaros tal demora.

—Sólo puedo deciros que me la trajo una barca cuyo patrón era un enano mudo y feo como el demonio.

—Más valdrá no darle vueltas. El asunto ha terminado felizmente.

Magnus Troil, que se encontraba presente en la reunión, leyó la carta y reconoció la letra, pero nada dijo. La vieja Norna se había salido con la suya una vez más.

A continuación pidió el comandante que trajeran a su presencia al capitán Cleveland y a su lugarteniente Bunce, pues deseaba interrogarles.

Los dos acusados penetraron en la estancia, pero el interrogatorio se vio de pronto interrumpido por la irrupción violenta en la sala de Basil Mertoun.

—¡He aquí una víctima! —exclamó—. Admitid el sacrificio de mi vida en lugar de la de mi hijo. Yo soy Basilio Vaughan, y mi nombre es bien conocido en los mares de las Antillas.

Produjo una sorpresa general, pero en nadie tan grande como en Magnus Troil, al cual faltóle tiempo para poner al corriente a los magistrados y al comandante del *Alcyon* de que el hombre que de aquel modo se sacrificaba, vivía desde hacía años en aquellas islas, conduciéndose siempre pacífica e irreprochablemente.

—Siendo así —dijo el comandante— no está incluido en la pena, porque en este tiempo ha habido dos amnistías para los que renunciaran a la piratería y, por vida mía, viendo que se abrazan tan afectuosamente, quisiera poder decir otro tanto del hijo.

—¿Y cómo explicáis esta situación? —preguntó el presidente a Magnus Troil.

—Vaughan es un apellido que yo no puedo olvidar —afirmó Troil, y les resumió la historia de Norna.

—También se llama así este joven —añadió el comandante, que había estado hojeando un libro de notas en forma de cartera.

El comandante del *Alcyon* reflexionó unos instantes. Después, dirigiéndose a Clemente Cleveland-Vaughan, le dijo:

—¿No fuisteis vos quien, muy joven aún, hará ocho o nueve años, mandabais una tropa de piratas que saqueó la aldea de las costas de Nueva España llamada Quempoa?

—De nada me valdría negarlo.

—Acaso os valga de algo el afirmarlo, pues luchasteis con peligro de vuestra vida para salvar el honor de las damas españolas, acosadas por la brutalidad de vuestras gentes. ¿Lo recordáis?

—Yo sí me acuerdo de ello —exclamó Bunce—. Aquellos rufianes se vengaron de él abandonándole en una isla desierta, y yo, por defenderle, a punto estuve de ser colgado por esos canallas.

—Este dato asegura la vida del joven Vaughan. Las damas a las que él protegió eran de alto rango y dignidad, hijas del gobernador de la provincia, el cual pidió el indulto para su protector. Traté de encontraros, capitán Vaughan, pero habíais cambiado vuestro nombre y no logré haceros llegar tan grata noticia. Mas el tiempo todo lo remedia y tengo el honor de deciros que obtendréis un perdón absoluto en todo cuanto pidáis.

Basil Mertoun dio gracias a la Providencia y abrazó a su hijo. Los presentes se conmovieron con la patética escena.

—En cuanto a vos —dijo el comandante dirigiéndose a Bunce—, he de deciros que seréis juzgado, pero, al ser yo el principal responsable de vuestro juicio, y ya que considero que os comportasteis valientemente al defender a las damas y a vuestro capitán, puedo prometeros también esperanzas.

Bunce no cabía en sí de gozo.

# Epílogo

Pasaron los días. Goffe y el resto de los piratas fueron conducidos al *Alcyon,* que se hizo a la mar con rumbo a Londres.

Mientras el desdichado Cleveland estuvo en Kirckwall fue objeto de un trato muy cortés por parte de Magnus Troil, quien procuró que nada le faltase, pues sabía el parentesco bastante próximo que les unía.

Norna recobró la salud gracias a los cuidados del padre y el sacristán, pero perdió por completo el juicio y quedó bajo la protección de las buenas gentes de Kirckwall.

Cleveland recibió una carta de Minna en la que se despedía de él para siempre y afirmaba que le tendría en su recuerdo aunque no pudiera vivir a su lado. Abrazó Cleveland la carta y unas lágrimas rodaron por sus mejillas de hombre curtido.

Mordaunt también recibió una nota de su padre. En ella le decía que se alejaba de su lado para siempre y le indicaba el lugar secreto, situado en Yarlshof, donde guardaba una considerable suma de dinero y muchas joyas pertenecientes a su difunta madre, Luisa Gonzaga.

Basil Mertoun desapareció sin dejar rastro, y era creencia general que había ido a refugiarse en un convento extranjero.

Seis meses después de la partida de Cleveland, Minna recibió una carta del antiguo pirata. Cleveland se mostraba arrepentido y manifestaba que había sido el amor de la joven el que le había hecho meditar sobre sus crímenes.

Una nota adjunta del comandante del *Alcyon* indicaba que Cleveland se había enrolado con él, con vistas a luchar contra los piratas que surcaban las Indias Occidentales.

Brenda se casó con Mordaunt Vaughan, antes llamado Mertoun. Magnus Troil se opuso al principio a aquella unión, pero acabó cediendo, pues la fortuna del joven y sus buenas cualidades le obligaron a pensar que, después de todo, y vistos los extraños acontecimientos, quién podría decir que aquel joven no descendía de una antigua familia norsa que, después de llegar a la isla de Santo Domingo, casó con una española, de nombre Luisa Gonzaga, la cual había engendrado a este hijo. Cavilaciones que a punto estuvieron de volverle loco, pero que sirvieron de mucho a los dos enamorados.

Brenda y Mordaunt vivieron felices en la isla durante toda la vida.

En cuanto a Minna, después de entregarse a obras de caridad que le valieron la paz interior, recibió al cabo de los años la noticia de la muerte de Clemente Cleveland-Vaughan, ocurrida en el transcurso de una de las peligrosas emboscadas contra los piratas.

Minna dio gracias a Dios por permitir que Cleveland tuviera un final glorioso y prosiguió con sus desvelos por los pobres y su amor por Brenda y Mordaunt, a quienes cuidó en todo momento con cariño supremo.

De esta manera transcurrió su vida, considerada y respetada por todos, y cuando los suyos hubieron de llorar su pérdida, en edad muy avanzada, se consolaron considerando que aquel triste despojo que acababa de abandonar era lo único de ella que no gozaba ya de la suprema felicidad del descanso eterno.

FIN

# ÍNDICE